Impressum:

Besuchen Sie uns im Internet:
www.herzsprung-verlag.de

Herausgegeben von CAT creativ - www.cat-creativ.at
Lektorat und Gestaltung

im Auftrag von

© **2022 – Herzsprung-Verlag**
Mühlstraße 10 – 88085 Langenargen
info@herzsprung-verlag.de
Alle Rechte vorbehalten.
Erstauflage 2022

Cover erstellt von Papierfresserchens MTM-Verlag
unter Verwendung von Bildern mit AdobeStock-Lizenz: © adonsky + © simbos

Reisen Sie mit uns in das Sehnsuchtsland Italien und erleben immer wieder neue
„Un Amore Italiano – Geschichten einer Liebe in Italien".

Gedruckt in Polen / Bookpress

ISBN: 978-3-99051-076-6 - Taschenbuch
ISBN: 978-3-99051-077-3 - E-Book

Un Amore Italiano

Liebesgrüße aus Napoli

Italienische Liebesgeschichten – Band 7

Herausgegeben von
Martina Meier

Herzsprung-Verlag

Inhalt

Sara & Francesco

Er lächelt und tupft sich mit einem Taschentuch Schweißperlen von der Stirn. Luca blickt zufrieden auf seine Heidelbeer-Sahnecremetorte, die noch ihre Verzierung braucht, und lässt seinen Blick hinüber zu dem kleinen Fenster schweifen. Draußen laufen Touristen über die sonnige Piazza Navona.

Er steht an diesem Sonntagmittag alleine in der hell erleuchteten Backstube, schiebt seine Konditormütze zurecht und greift nach der weißen Einladungskarte. Unter einem Bild mit den beiden steht in dunkelblauer Schrift: *Wir laden ein – zur Hochzeit. Sara & Francesco.*

Dunkelblau wie Heidelbeeren, Saras Lieblingsfrüchte mit ihrem süßlich-herben Geschmack. Luca lächelt und tastet über seinen leichten Bauchansatz. Er wird erst am Nachmittag kommen. Hoffentlich gibt es keine Verzögerung im Tagesablauf oder beim Transport der Torte durch die Straßen Roms. Er hat genau kalkuliert. Um 16 Uhr muss die Torte serviert werden. Der weiche Sahnemantel umhüllt die fünf violetten Cremeschichten mit Heidelbeeren. Während Luca kleine Sahnehäubchen aus einer Spritztüte auf den Rand drückt, denkt er an Sara, wie sie wohl jetzt gerade in der Kirche Francesco ihr Jawort gibt. Dann werden sie alle ins Restaurant fahren, ein Fünf-Gänge-Menü genießen und am Nachmittag wird seine Heidelbeer-Sahnecremetorte der kulinarische Höhepunkt des Tages sein.

Er zieht sich Handschuhe an und hält inne. Das Aroma der eingelegten Beeren wird sich erst in einer Stunde entfalten. Er nimmt zögernd kleine Heidelbeeren aus einer Metallschüssel und setzt eine auf jedes kleine Sahnehäubchen.

Wie bezaubernd sie auf dem Bild lächelt. Ob sie mit Francesco glücklich sein wird? In guten wie in schlechten Tagen? In Gesundheit und Krankheit? Bis der Tod sie scheidet?

Luca setzt eine kleine dunkelblaue Spritztüte auf der Torte an. In geschwungenen Buchstaben schreibt er *Sara & France...* . Seine Hand zittert. Ein dicker Klecks ergänzt das Missgeschick. Er flucht kurz in sich hinein, trägt mit einem kleinen Spatel die letzten Buchstaben wieder ab und setzt erneut an. Wie kann man nur Francesco heißen? So ein langer Name. Luca wäre kürzer gewesen. Sara und Luca. Das hätte auf die Torte gepasst. Er denkt an seine gemeinsame Zeit mit Sara. Seit ihrer Jugend waren sie zusammen, saßen verliebt an den Brunnen im Rom, verkauften Heidelbeeren am Marktstand ihrer Eltern und rannten durch das nächtliche Rom, bis sie Francesco auf einem Businessseminar kennenlernte. Sie meinte, Francesco sei ein Immobilienmakler mit Stil, Weitblick und Geld. Da konnte Luca als Konditor nicht mithalten, mochte er auch noch so gute Heidelbeer-Sahnecremetorten für sie zaubern. Luca sollte dafür Verständnis haben und sich in eine andere Frau verlieben. Das hat bis heute nicht geklappt.

Luca versucht, entspannt zu lächeln, aber es gelingt ihm nicht. Spätestens um 16 Uhr wird er lächeln, wenn das Brautpaar die Torte vor seinen Augen anschneidet.

Luca zieht um Sara und Francesco ein dunkelblaues Sahneherz. Damit ist die Torte vollendet und sein Ausrutscher nicht mehr zu erkennen. Alle Zutaten sind drin. Er überprüft sein handgeschriebenes Rezept und seine Zeichnung, die er mit den beiden letzte Woche besprochen hatte. Er und Francesco saßen sich gegenüber wie Rivalen, Sara dazwischen.

„Bist du noch nachtragend wegen damals?", wollte sie wissen.

Francesco verdrehte die Augen. Luca musterte ihn, wie er dasaß mit Anzug, Krawatte, Dreitagebart, Gelfrisur.

„Nach der Trennung dachte ich manchmal, du würdest mir aus Eifersucht etwas antun", sagte sie.

Doch Luca schüttelte den Kopf und kniff die Augen zusammen. „Was hätte ich davon gehabt?"

„Vielleicht Genugtuung. Du bist oft so nachtragend. Aber das wäre ja lächerlich. Wir sind erwachsene Menschen."

Luca blickt erneut zur Einladungskarte. „Was passiert, wenn sie Nein sagt? Habe ich dann wieder eine Chance?"

Er nimmt die Konditormütze ab und legt sie neben die Torte. Ein optischer Genuss für die Fotoapparate der Hochzeitsgesellschaft. Und ein besonderer Geschmack. Luca ist sich nun sicher, die Torte heute Nachmittag mit einem fröhlichen Lächeln anliefern zu können. Und mit Genugtuung, während er sich danach direkt auf den Weg nach Mailand machen würde.

Er nimmt die Schüssel, in der die Heidelbeeren eingelegt waren, und wäscht sie sorgfältig aus. Dann nimmt er ein Fläschchen vom Tisch und wirft es in den Ofen. Er lächelt, als das Totenkopfsymbol darauf kurz aufglüht und in harmlose Asche zerfällt.

Andreas Obster, *Jahrgang 1979, studierte in Bonn Germanistik, Medienkommunikation und Deutsch als Fremdsprache und ist in der Erwachsenenbildung tätig. Seit 20 Jahren schreibt er Kurzgeschichten und leitet Schreibwerkstätten.*

Buon Natale

Der gigantische und stilvoll geschmückte Weihnachtsbaum und die filigran gearbeitete Krippe im Wohnzimmer wollten so gar nicht zu der Todesnachricht passen, die Commissario Gino Ginetto zu überbringen hatte. Er seufzte, versuchte, den Kloß in seinem Hals zu ignorieren. In drei Tagen war Weihnachten, das Fest der Liebe und Familie.

Er würde die Tage alleine und allenfalls in Gesellschaft einiger Flaschen Rotwein verbringen. Dementsprechend düster mies war seine Stimmung, obgleich das historische Zentrum Neapels dank der vielen Lichterketten überall regelrecht funkelte. Der Kommissar vermisste Sonne und Wärme. Er liebte den Sommer.

Paola di Marenzi, die Ehefrau des Mordopfers, die wegen ihrer MS-Erkrankung an den Rollstuhl gefesselt war, reagierte gefasst, als sie von dem Tod ihres Mannes hörte. Ein Jogger hatte den Richter leblos auf einer Bank unweit des alten Neptunbrunnens entdeckt.

„Der Fundort der Leiche ist nicht der Tatort. Das wissen wir bereits von der Spurensicherung. Ihrem Gatten wurde übrigens die Zunge postmortal, also erst nach dem Tod, herausgeschnitten. Es tut mir leid, Ihnen das mitteilen zu müssen, Signora. Hatte Ihr Mann Feinde?"

Frau di Marenzi schluckte. „Jede Menge. In seinem Job hat ... ähm ... hatte er es doch mit vielen Psychopathen zu tun. Es gab immer wieder Drohbriefe."

„Ich werde dem nachgehen. Kann ich irgendetwas für Sie tun? Eine Freundin oder Bekannte anrufen? Kommen Sie ohne Hilfe überhaupt zurecht?"

„Nicht nötig, Commissario. Ich komme alleine klar."

Gino Ginetto nickte.

„Tja, da hat ihn tatsächlich jemand mundtot gemacht. Wer hätte das gedacht?", schob die Witwe leise nach.

„Hatte Ihr Mann denn in seinem privaten Umfeld Feinde?"

„Nein. Wir haben hier eigentlich ziemlich zurückgezogen gelebt. Ich zumindest. Aber fragen Sie doch seine Geliebte."

Der Kommissar zog fragend die Augenbrauen hoch.

„Giulia Molinari. Sie ist Staatsanwältin. Mein Mann und ich haben eine offene und freie Ehe geführt."

Gino Ginetto bedankte sich für die Informationen, ehe er die Witwe um die Identifizierung des Toten am Nachmittag in der Rechtsmedizin bat und sich das Notebook des Verstorbenen aushändigen ließ.

„Wir hatten keine Geheimnisse voreinander, Herr Kommissar. Das Kennwort meines Mannes lautet Vito*1991, nach dem Geburtsjahr unseres Sohnes. Er studiert in den USA. Ich werde ihn wohl gleich anrufen müssen."

„Darf ich Sie etwas fragen, Signora? Hat es Sie nie gestört, dass Ihr Mann eine Geliebte hatte?"

„Ach, wissen Sie, man gewöhnt sich daran. Sie kamen und gingen. Und seitdem ich im Rollstuhl sitze, habe ich das Roberto sogar gegönnt." Paola di Marenzi hüstelte. „Unsere Beziehung basiert ... ähm ... basierte auf tiefem Vertrauen. Wir haben letztes Jahr erst unsere Silberne Hochzeit gefeiert. Und Roberto hat sich wirklich rührend um mich gekümmert, nachdem ich so krank wurde. Wir haben neulich noch eine ausführliche Tour durch die Stadt gemacht und unter anderem die magische Atmosphäre von San Gregorio Armeno auf uns wirken lassen. Ich liebe die traditionelle neapolitanische Weihnachtskrippe. Danach waren wir noch am Schloss Ottaviano. Ich mag die Weihnachtsbeleuchtung dort sehr. Ach, was rede ich? Ich bin völlig durch den Wind." Die letzten Worte waren kaum zu verstehen.

Der Polizeibeamte beendete das Gespräch, als Paola di Marenzi den Wunsch äußerte, alleine sein zu wollen. Er fuhr zum Gericht, um als Nächstes mit Giulia Molinari zu sprechen.

Die Staatsanwältin reagierte schockiert, als sie von dem Mord hörte. Es dauerte eine Weile, bis sie in der Lage war, zu reden. „Wir wollten zusammenziehen. Roberto wollte sich scheiden lassen. Seine Frau war dagegen, auch, weil sie alleine in dem großen Haus kaum zurechtkommt. Sagt sie zumindest."

„Können Sie sich vorstellen, dass der Tod von Roberto di Marenzi mit seiner Arbeit hier zusammenhängt? Seine Frau sprach von Drohbriefen."

„Roberto hat diese Briefe immer gleich weggeschmissen. Er hat dem ganzen Dreck keine Bedeutung beigemessen. Vielleicht war es auch tatsächlich einer seiner Klienten. Möglich ist in einer Stadt wie Neapel alles."

„Können Sie mir Namen nennen?"

Giulia Molinari überlegte. „Giorgio Rossi ist mehrfach ausgerastet."

Der Commissario notierte den Namen und ließ sich die Anschrift geben. Dann sprach er mit dem Abteilungsleiter, ehe er das Dienstzimmer von Roberto di Marenzi mit Handschuhen durchsuchte und sicherheitshalber versiegelte.

Mit einigen Akten unter dem Arm machte er sich auf den Weg in sein eigenes Büro, in dem der Obduktionsbericht schon auf ihn wartete.

Das Opfer war in klassischer Manier mit Digitalispräparaten vergiftet worden. Der Tod musste gestern am frühen Abend eingetreten sein. Spuren des Täters waren nirgends entdeckt worden.

Nach mehreren Telefonaten war dem Kommissar klar, dass Giorgio Rossi als Tatverdächtiger ausschied. Er verbüßte seit Längerem eine Haftstrafe. Ein Attentat der Camorra war zudem unwahrscheinlich. Die in die organisierte Kriminalität eingeschleusten V-Männer schlossen sofort einen Zusammenhang aus.

Die Geliebte des Opfers hatte ebenfalls ein glaubwürdiges Alibi. Sie war beim Probetraining im Fitnessstudio gewesen. Das hatten der ihr zugeteilte Personalcoach und die Frau von der Anmeldung telefonisch bestätigt.

Paola di Marenzi war dagegen angeblich wie jeden Nachmittag alleine zu Hause gewesen und hatte gelesen, später den Weihnachtsbaum geschmückt. Der Commissario notierte sich Stirn runzelnd die Angaben und begann kurz darauf, im Internet über Multiple Sklerose zu recherchieren.

„Zeugen, die Sie gestern gesehen haben, gibt es also nicht?", fragte er skeptisch nach, als er die Witwe am Nachmittag zu Hause abholte, um mit ihr in die Rechtsmedizin zu fahren.

„Nein. Ich war wie so oft allein. Ich kann mich sehr gut selbst beschäftigen." Die in schwarz gekleidete Witwe schwieg einen Moment, ehe sie fortfuhr: „Aber wie hätte ich bei meinem Gesundheitszustand meinen Mann auch töten, wie eine Leiche transportieren sollen? Und vor allem: Warum? Roberto und mich hat eine tiefe und auf Vertrauen basierende Liebe verbunden. Und wir haben immerhin ein gemeinsames Kind. Unterschätzen Sie das nicht. Was ist mit seiner Klientel? Suchen Sie besser da den Täter!"

„Danke für den Tipp. Ich glaube, das erübrigt sich." Der Polizeibeamte räusperte sich, bevor er weitersprach: „Wie schmückt man eigentlich aus dem Rollstuhl heraus einen zwei Meter hohen Weihnachtsbaum alleine?

Ich habe da mal gegoogelt. Nur 15 Prozent aller MS-Kranken brauchen tatsächlich dauerhaft einen Rollstuhl. Am häufigsten ist bei dieser Entzündung des Zentralen Nervensystems ein schubartiger Verlauf, bei dem sich beschwerdefreie Phasen mit heftigen Krankheitszeiten abwechseln." Der Kommissar legte eine kunstvolle Pause ein. „Sie haben doch sicher nichts dagegen, wenn wir jetzt gemeinsam Ihrem behandelnden Arzt einen Besuch abstatten, oder?"

Paola di Marenzi zuckte zusammen und schien auf ihrem Autositz in sich zusammenzuschrumpfen.

Gino Ginetto fuhr mit seinen Ausführungen fort: „Mord aus Eifersucht. Niedrige Beweggründe. Mit der herausgeschnittenen Zunge wollten Sie doch nur von sich ablenken. Signora di Marenzi, ich an Ihrer Stelle würde mir jetzt einen verdammt guten Anwalt suchen. Den haben Sie wahrscheinlich dringend nötig."

„Das mag sein. Aber in einem Punkt irren Sie gewaltig, Commissario. Es war mir einfach ein Vergnügen, Roberto im wahrsten Sinne des Wortes mundtot zu machen. Ich wollte damit gar nicht von mir als Täterin ablenken. Es ging mir vielmehr darum, ihm endgültig das Maul zu stopfen. Ich konnte sein ewiges Geschwätz von der freien Liebe einfach nicht mehr ertragen."

Ulli Krebs, geboren 1965 in Düsseldorf, Redakteurin und Hobbyautorin, Veröffentlichung mehrerer Kurzgeschichten, Gedichte und eines Regionalkrimis, wohnhaft in der Wesermarsch.

Genug gelaufen

Journalistin Lea verließ gerade mit ihrer besten Freundin das Multicinema Modernissimo, das Lieblingskino des unzertrennlichen Duos. Sie und Mona waren soeben glückliche Zeitzeugen von *The French Dispatch* geworden. „Ein klassischer Wes Anderson!", fasste Lea das Meisterwerk zusammen.

Das Restprogramm bestand darin, sich mehrere Drinks servieren zu lassen und sich anschließend mit Mona über diesen verdammt genialen Film zu unterhalten. Die angenehme Sommerluft versprach einen erfrischenden Spaziergang zur angepeilten Bar. Bei dem Gedanken an den wartenden Alkohol musterte Lea ihre Hüften. Sie sollte wieder öfter Rad fahren oder joggen, so wie der von links kommende Mann, der offensichtlich sogar zu dieser abendlichen Stunde seinen inneren Schweinehund besiegen konnte. Wie sehr Lea doch solch disziplinierte Menschen respektierte. Für sie war jeder, der, wie dieser Mann, selbst abends noch seinen Allerwertesten hochbekam, ein richtiger …

„Bastard!", entfuhr es ihr. Dieser Mistkerl hatte sich im Vorbeilaufen ihre Handtasche geschnappt und bog direkt in Richtung der Via Toledo ab. Mona blieb wie angewurzelt stehen und bekam vor lauter Schock ihre heruntergeklappte Kinnlade nicht mehr hoch. Lea hingegen bückte sich sofort und riss sich instinktiv die Plateauschuhe von den Füßen.

„So viel zum Besiegen von Schweinehunden!", dachte sie sarkastisch und lief, so gut es ihr der knielange Rock zuließ, drauflos. An der Via Toledo angekommen, drehte sich der Dieb um, steckte die Beute in das Innere seines hellblauen Jogginganzugs und ging lockeren Schrittes nach rechts. Mit einer Hand packte Lea ein Stück vom herunterhängenden Stoff und zog den Rock gerade so weit nach oben, dass sie einen Sprint loslegen konnte, ohne dabei einen Striptease zu riskieren. Bei jedem Schritt spürte sie den harten, kühlen Asphaltboden, der sie verspottete und sie daran erinnerte, dass die Menschen nicht mehr dazu in der Lage waren, barfuß zu laufen. An der Kreuzung schüttelte sie ihre komischen Gedanken ab und bog mit einem fokussierten Blick in die Hauptstraße ein.

Als sie den elenden Dämlack erspähte, der für das heftige Brennen in ihren Lungen – sowie für ihr inneres Fluchen – verantwortlich war, schwenkte dieser direkt vor der Chiesa di San Michele Arcangelo nach rechts in die Querstraße hinein.

„Gott sei Dank!", dachte sie, denn sie hatte keinerlei Lust, wie eine an Asthma erkrankte Kuh laut schnaubend und bloßfüßig, mit ihrem Rockzipfel in der Hand, weiterhin an der Via Toledo entlangzuhopsen – das Wort *rennen* schien ihr gerade etwas unpassend. Sie machte es dem Spielverderber des Tages gleich und bog vor der Kirche ab.

Ein in ein Priestergewand gekleideter, bärtiger Mann bekreuzigte sich mit großen, verwunderten Augen, als Lea laut schimpfend um die Ecke galoppierte. Kaum hatte sie ihn jedoch einen halben Schritt hinter sich gelassen, pfiff er ihr anzüglich hinterher. Dem Laut nach zu urteilen, waren Leas Hüften vielleicht doch schön, so wie sie waren. Vollkommen verwirrt riss sie im Eilschritt ihren Kopf über die Schulter und entdeckte erst jetzt einen jungen Kerl, der schelmisch grinsend neben dem Priester stand. Der Geistliche hob beschwichtigend die Hände, während sich sein Haupt blitzartig in eine glühende Tomate verwandelte. Mit gehetzten Schritten folgte Lea dem Weg links um die Kirche.

Keine hundert Meter weiter befand sich der Verfolgte am Außenbereich des Al 53, einem ihr bekannten Restaurant. Lea erkannte einen der Kellner und schrie nach Luft schnappend darauf los: „Halt ihn auf! Blaue … Jacke!"

Der Ober reagierte sofort und machte Anstalten, sich dem Jogger in den Weg zu stellen. Der Dieb, der gar nicht wie einer aussah, schaltete ebenfalls schnell und drehte sich zu Lea um. „Es ist vorbei mit uns! Du sollst mich in Ruhe lassen!", rief er lauthals – gewürzt mit einem genervten Blick.

Der Kellner senkte seinen Kopf schlagartig auf die Brust und schaute mit einem Mix aus Verwirrung und Fremdscham zu Boden. Für einen langen Atemzug ließen die im Freien sitzenden Gäste von ihren Speisen ab und fixierten die schuhlose Verfolgerin mit weit aufgerissenen Augen.

„Du kreatives A-Loch!", dachte Lea kurz anerkennend. Doch auch sie war gut darin, zu improvisieren, und schrie ihm – den Rest Sauerstoff aus ihrem Körper pressend und heiser – hinterher: „Du kannst mich doch nicht für deine eigene Cousine verlassen, verdammt noch mal!"

Aus der Richtung der Restaurantbesucher vernahm Lea Gäste, die laut auflachten, ihr Besteck fallen ließen und sogar eine arme Seele, die sich vor Entsetzen verschluckt haben musste. Umgehend wurde der Jogger zum Mittelpunkt der Szene. Jetzt war er es, der laut fluchte und sich mit beschleunigtem Tempo wieder in Bewegung setzte.

An der nächsten Kreuzung, vor dem BMD Tattoo-Laden, blieb der Dieb ganz dreist stehen, um sich die Schnürsenkel zu binden, und ging dann nach rechts auf die Via Port' Alba. In gleichbleibendem Abstand liefen sie am Libreria Berisio vorbei – ausgerechnet der Cocktailbar, in der eigentlich eine Runde Aperol Spritz wartete. Als sie die Universität Kampanien Luigi Vanvitelli passierten, war Lea aufgrund von plötzlich auftretenden Oberschenkelkrämpfen bereit, zu resignieren. Der Jogger verschmolz mit einer kleinen Traube an abendlichen Spaziergängern, doch dank der hellblauen Jacke bemerkte sie, wie er an der Kreuzung Via Arti –Via dei Tribunali in das Gino e Toto Sorbillo hineinschlenderte – es war die beste Pizzeria Neapels.

Lea verlangsamte ihren Schritt und ging keuchend zum Restaurant, vor dem seltsamerweise die Menschenmenge fehlte, die eigentlich jeden Tag vor dem Lokal Schlange stand. Am Eingang angelangt, sah sie dann das Schild mit den Worten: *Heute geschlossene Gesellschaft!*

„Raffiniert geplant!", dachte sie. Doch weil sie nichts zu verlieren hatte – zumindest nicht mehr, als eh schon – ging sie schnurstracks auf den großen, bulligen Security zu. „Entschuldigung …"

„Ich liebe Ihre Reportagen!", unterbrach sie der sprechende Schrank. Ihre nackten Füße ignorierend, öffnete er die Eingangstüre und nickte knapp.

Das Licht im Inneren des Lokals war gedämmt. Nur ein einziger Tisch des Speisesaals war gedeckt. Eine in Schatten umhüllte Gestalt blickte sie an. Mit aufgestellten Nackenhaaren ging Lea entgegen jeder Vernunft auf diese zu.

„Verzeihen Sie meine etwas raue Einladung, Frau Casa", sagte der Mann, „aber Sie haben meinen persönlichen Anruf als einen schlechten Scherz abgetan und einfach aufgelegt."

„Giovanni … Tonelli?"

„Sie dürfen mich Giovan nennen", sagte der bekannte Mafiaboss. Er strich sich mit Daumen und Zeigefinger über den Schnauzer und schenkte ihr das warme Lächeln eines verknallten Schuljungen. „Bitte, setzen Sie sich. Ich möchte unbedingt für Ihre Unannehmlichkeiten aufkommen."

Er bückte sich unter den Tisch, zog ihr Paar Plateauschuhe hervor und klatschte gut gelaunt, mit der Eleganz eines Prinzen, in die Hände.

Im nächsten Moment erschien der Jogger. Er verbeugte sich tief, gab Lea mit einem Augenzwinkern die Handtasche zurück und schenkte beiden jeweils ein Glas Aperol Spritz ein.

„Ich würde mich sehr über Ihre Gesellschaft freuen. Ganz ungezwungen. Sie können jederzeit gehen." Giovans Augen glänzten voller Charme, was so gar nicht zu einem Mafiabaron passen wollte.

„Ich glaube, was heute angeht", setzte Lea an und strich sich mit der Linken eine Schweißlocke von der Stirn, „bin ich schon genug gelaufen."

Aufgeregt lächelnd nahm sie Platz und setzte das gefüllte Glas an ihre Lippen. Mona würde ihr das niemals glauben!

Peter Bellmann *ist 34 Jahre alt. Er wohnt in Neu-Ulm, im schönen Bayern. Zu seinen Hobbys zählen das Improtheater, Basketball, Lesen sowie das Schreiben von Kurzgeschichten, Gedichten und experimentellen Texten. Die Erinnerungen an seine Urlaube wecken in ihm die Lust auf mehr Bella Italia.*

Eine Nacht in Neapel

So schön habe ich dich noch nie gesehen, Neapel
es ist zwei Uhr nachts und
du raubst mir den Schlaf.

Während die Stadt schläft,
spiegelt sich das Mondlicht im Wasser zwischen Fischernetzen,
begleitet von sanften Wellengeräuschen.

Unendlich viele Lichter beschmücken deinen Golf,
von Ischia bis nach Sorrent,
und der Vesuv bedeckt
von einem malerischen Sternehimmel.

Sprachlos stehe ich vor dir, Neapel.
Bin erstarrt von deiner Pracht und Einzigartigkeit,
du bist Poesie, so weit das Auge reicht.

Wie sehr würde ich dir all das sagen,
was ich dir nicht sagen konnte,
als ich fern von dir war.

Aber die Sehnsucht und den Schmerz,
die mich von dich trennten,
lassen sich kaum in Worte fassen.

Wie gerne würde ich nachts
deinen Mond von diesem Balkon aus betrachten.

Wie sehr würde ich nachts
deine Stimme hören.

Wird es nur eine pure Illusion bleiben
oder werde ich bald neben dir aufwachen?

Leider muss ich gleich wieder los,
doch wenn ich nachts nicht schlafen kann,
so werden meine Augen den Mond und die Sterne suchen,
um die Erinnerung an dieser Nacht zu erwecken.

Carmine Bonanno *lebt in Hamburg.*

Mailänder Scala

Entsetzte Schreie und Hilferufe gellten durch das altehrwürdige Konzerthaus, dann herrschte knisterndes Schweigen. Während im Orchestergraben die Streicher wieder aufgespielt hatten, war die in ein rubinrotes Galakleid gehüllte Sopranistin und Hauptdarstellerin des Abends vor den Augen des Publikums mit schmerzverzerrtem Gesicht zusammengebrochen. Regungslos lag Cora di Stefano auf der Opernbühne, aus ihrem Mund quoll eine weiße, schaumige Masse.

Zwei herbeigeeilte, in dunkle Sakkos gekleidete Ärzte, die sich in den Zuschauerrängen befanden, konnten nur noch den Tod von Cora feststellen.

Auch Kriminalhauptkommissarin Antonietta Ferrari war eine große Liebhaberin der klassischen Musik. Etwas unwillig erhob sie sich aus ihrem mit rotem Samt bezogenen Sessel. Mit freundlich gemurmeltem „Scusi" zwängte sie sich an den Knien ihrer Sitznachbarn vorbei.

„Signore e signori ... meine Damen und Herren, bitte beruhigen Sie sich, bleiben Sie auf Ihren Plätzen und verlassen Sie nicht den Saal!", bat sie die Anwesenden eindringlich durchs Bühnenmikrofon.

Die über zwanzig Bühnendarsteller, die sich in ihren barocken Kostümen völlig aufgelöst und hysterisch um die leblose Cora scharten, forderte Kommissarin Ferrari der Reihe nach auf, sich mit ihr hinter die Bühne zu begeben.

Zweifellos war Cora di Stefano vergiftet worden. Noch in der Pause hatte die temperamentvolle Operndiva putzmunter, jedoch überaus launisch vor dem Garderobenspiegel gesessen – nicht ohne ihre Maskenbildnerin Sarah White für die angeblich misslungene Hochsteckfrisur aufs Schärfste zu kritisieren. Wie Kommissarin Ferrari bei ihrer weiteren Befragung feststellte, schien auch Coras Zweitbesetzung, Anna Greco, ein starkes Motiv zu haben, sich an der arroganten Berühmtheit zu rächen. Obgleich Cora im Vergleich zu dem jungen, überaus attraktiven Ausnahmetalent eine regelrechte Gießkannenstimme besaß, bereitete es ihr größtes Vergnügen, Anna kleinzureden und äußerst herablassend zu behandeln.

Francesco Martinelli, *die Bratsche* des renommierten Streichorchesters, hatte einen Tag zuvor seine heimliche Affäre mit Cora di Stefano beendet, noch bevor sie recht begonnen hatte. Coras selbstherrliche Art, mit der sie dem athletischen Junggesellen bei ihrem ersten Rendezvous mehrfach über den Mund gefahren war, hatte ein solches Befremden in Francesco ausgelöst, dass er von weiteren Treffen dieser Art absah – was *die erste Geige* Chiara Rossi zu diesem Zeitpunkt noch nicht wusste.

Bis vor einem Vierteljahr war Chiara mit Francesco fest liiert gewesen, und noch immer litt die Achtundzwanzigjährige unter heftigem Trennungsschmerz. Die brünette Virtuosin war rasend vor Eifersucht. Rund um die Uhr ließ sie Francesco beschatten. Als schließlich die Operndiva ins Spiel kam, entwickelte Chiara Mordabsichten.

Seit ihrer frühesten Kindheit ging Chiara in der farmacia ihres Vaters ein und aus. So war es für sie ein Leichtes, an ein todbringendes, schnell wirkendes Gift zu gelangen. Chiara brauchte es ihrer vermeintlichen Rivalin nur im richtigen Moment in den Kaffee zu träufeln ...

Wie erwartet, hatte Antonietta Ferrari den Fall innerhalb kurzer Zeit gelöst. „Chiara Rossi, ich nehme Sie fest unter dem dringenden Tatverdacht, Cora di Stefano aus Eifersucht ermordet zu haben!", sagte sie ruhig und bestimmt zugleich.

Indes wurden die Opernliebhaber auf einen Ersatztermin vertröstet, an dem die Aufführung nachgeholt werden sollte. Auch Kriminalhauptkommissarin Antonietta Ferrari kam in den Genuss.

Der Opernabend war brillant. Mehr als zweitausend Zuschauer feierten in der voll besetzten Mailänder Scala den neuen Star am Opernhimmel und bejubelten Anna Greco. Mehr oder weniger über Nacht war sie in der Hierarchie aufgerückt.

Endlich konnte die talentierte Nachwuchssängerin ihre begnadete Stimme unter Beweis stellen und sie mit Bravour einsetzen. Nicht eine Träne weinte sie Cora di Stefano nach.

Ulrike Müller, 1964 geboren, vierfache Mutter und lebt mit ihrer Familie in der Nähe von Baden-Baden. Das Schreiben ist zu einem ihrer großen Hobbys geworden.

Die Schöne und das Biest

Gott hatte seinen Spaß gehabt, als er sie schuf. Die blass machende Weiße des Krankenzimmers schmälerte ihr wunderschönes Erscheinungsbild kaum. Auch konnten die Stichverletzungen ihren feinen Gesichtszügen nichts anhaben. Dieses Gesicht. Regelmäßig war es in den italienischen Klatschblättern zu bewundern. Als sie jetzt hilflos, mit geschlossenen Augen in einer Art Luftkammer vor ihm lag, dachte Commissario Valentino nur eines: Sie ist das Opfer. Aber sie war auch die Täterin. Und deshalb war er hier. Sie musste ihn gehört haben. Ihre veilchenblauen Augen trafen seine. Mit voller Wucht.

Valentino, ein hart gesottener und ehrgeiziger Neapolitaner, musste schlucken. Denn das hier war nicht das Opfer, sondern auch die Täterin, die er befragen sollte. Doch für ihn und die ganze Welt war sie nur das Opfer. Und ihr milliardenschwerer Ehemann der Täter. Ein reiches Schwein sondergleichen. Er hatte im Ehevertrag zahlreiche eheliche Gefälligkeiten, welche sie erbringen musste und in welcher Menge, genauestens dokumentieren lassen. Jeder, der die Einzelheiten des Ehevertrages gelesen hatte, wollte selbst dreimal auf den Milliardär schießen. Und dies ganz ohne Notwehr. Die Medien betitelten den Fall als *Die Schöne und das Biest.*

In jener Nacht, als sie sich von ihm hatte trennen wollen, stach er dreimal auf sie ein. Ein Stich verfehlte ihr Herz nur um wenige Zentimeter. Wer konnte diesem schönen Engel so etwas antun? Warum hatte der Dienststellenleiter ihn überhaupt hergeschickt? Die Untersuchung war fast abgeschlossen. Ja, sie hatte ihren Mann erschossen. Hatte in letzter Sekunde nach der Pistole im Schrank ihres Gatten gegriffen. Und dreimal auf ihn gezielt. Danach schleppte sie sich mit letzter Kraft und blutverschmiert zum Schreibtisch und rief den Notruf. Als die Sanitäter eintrafen, war sie bereits bewusstlos. Und kurze Zeit später im Operationssaal.

Das gesamte Imperium von ihm hatte einen aktuellen Wert von sechs Milliarden. Bei einer Scheidung hätten ihr, nach dem heutigen Stand, 20 Millionen zugestanden.

Er wollte die Befragung hinter sich bringen, so schnell es irgendwie ging. Er zog seinen Dienstausweis und erläuterte ihr, dass er ein paar Fragen stellen müsse. Dass dies der formale Dienstweg sei, bevor der Fall offiziell abgeschlossen werden konnte.

Sie bestätigte mit heiserer Stimme, dass sie sich von ihrem Mann trennen wollte, der ein egozentrischer Tyrann war, und dass sie es war, die die Scheidung wollte. Dies belegten auch ihre anwaltlichen Konsultationen. Am besagten Abend sprach sie das Thema an, was ihren Göttergatten zum Ausrasten brachte. Hasserfüllt stach er wie aus dem Nichts mit einem großen Küchenmesser auf sie ein. Dreimal. Dazu schrie er wutentbrannt: „Wenn ich dich nicht haben kann, soll dich auch kein anderer haben!"

Niemals hatte Valentino eine schönere Mörderin gesehen. Beziehungsweise ein weibliches Opfer, was in Notwehr seinen Mann erschossen hatte. Fast wehmütig-leise schloss er die Tür. Nicht ohne einen letzten Blick auf den schneewittchenhaften Engel mit der hellen Haut, den dunklen Locken und den blutroten Lippen zu werfen.

Draußen im Krankenhausflur stieß er fast mit einem Weißkittel zusammen. *Dr. Trussardi* stand auf dessen Schild.

„Wie geht es Aurora? Sie haben sie hoffentlich nicht aufgeregt. Ruhe hat jetzt oberste Priorität. Ihre Wunden müssen heilen."

„Nein, keinesfalls Dr. Trussardi. Darf ich fragen, warum Sie ihre Patientin duzen?"

„Aurora und ich kennen uns von der Universität. Ein sehr tragischer Zufall, sich so wiederzusehen."

Commissario Valentino glaubte nicht an Zufälle und war wieder ganz in seinem Ermittler-Element. Er hatte die Akte von Aurora Grande gelesen. Sie hatte in Wirtschaft promoviert. „Sie haben sich demnach an der Universität zufällig kennengelernt?"

„Nein, wir haben lange nebeneinandergesessen. Aurora hat zwei Jahre Medizin studiert, bevor sie zur Wirtschaft wechselte."

Valentinos Schläfe begann zu pochen. Sein schöner Engel war gerade dabei, sich in eine Bestie zu verwandeln. Während er zur Dienststelle fuhr, fühlte er sich wie ein Hai, dem der erste blutlachende Happen ins Wasser geworfen wurde.

Er durchleuchtete die betreffende Akte. Zum wiederholten Male. Immer und immer wieder war er sie durchgegangen. Und nicht nur er. Auch Kollegen. Der Todesfall einer bekannten Persönlichkeit wurde akribisch untersucht. Nichts durfte dem Zufall überlassen werden. Doch in der Akte gab es nicht den leisesten Hinweis. Keine einzige Spur, welche zu ihr führte. Völlig nebensächlich, ob sie Medizin studiert hatte oder nicht. Nichts stand hier, womit er sie drankriegen konnte. Sie würde als Alleinerbin das gesamte Vermögen erben. Ein weiteres Mal schlug er die Akte auf und las alles. Das große Nichts an Spuren.

Und plötzlich fiel es ihm wie Schuppen von den Augen. Das Nichts an Spuren! Das war es! Genau das. Euphorisch rief er zu dieser späten Abendstunde einen bekannten Richter an. Er benötigte einen Durchsuchungsbeschluss. Möglichst sofort.

Es war früh am nächsten Morgen. Diesmal kam er mit Vorankündigung, der Staatsanwaltschaft und dem Dienststellenleiter. Ihre drei Anwälte hatten sich schon wie ein Heer um sie positioniert. Einer jeweils neben und einer hinter ihrem Rollstuhl.

Sie wusste, wie man einen Auftritt hinlegt. Das musste er ihr bewundernd zugestehen. Zerbrechlich-zart schien sie in dem Rollstuhl unter den Verbänden zu versinken. Eine Sauerstoffmaske unterstrich dramatisch ihre Opferrolle. Doch genau die nahm er ihr nicht mehr ab. „Signora Grande. Sie haben in Wirtschaft promoviert?"

„Das ist korrekt."

„Doch vorher studierten Sie Anatomie. Ist das ebenfalls korrekt?"

„Ja!"

„Was für ein erstaunlicher Zufall." Theaterhaft improvisierte er die drei ausgeführten Stiche in der Luft. „Ihr Mann hat Sie am Unterschenkel verletzt, aber keine wichtigen Arterien getroffen. Ein Stich ging in den Bauch, ebenfalls wurde dort auch kein einziges Organ nur angeritzt. Dann der Stich in die Brust. Nur Zentimeter am Herz vorbei. Ein erstaunlicher Zufall, nicht wahr? Und nun erben Sie das ganze Vermögen!"

Ihre Gegenwehr folgte sofort: „Was hätte ich geerbt, wenn ich gestorben wäre?"

Doch darauf war er vorbereitet und ließ sich nicht aus der Ruhe bringen.

Einer ihrer Anwälte schaute bedrohlich auf seine goldene Rolex. „Sie verschwenden unsere Zeit. Unsere Mandantin muss sich ausruhen. Sie haben nichts gegen Sie in der Hand."

„Ich komme zum springenden Punkt. Nur, um das Ganze zu verstehen, …" Nun stand er unmittelbar vor ihr, ging in die Hocke, um mit ihr auf Augenhöhe zu sein. Stahlblaue Augen fokussierten Veilchen.

„Ihr Mann stach also dreimal auf Sie ein. Mit dem Küchenmesser."

„Ja."

„Sie griffen in die Schublade, drei Schritte entfernt. Wo die geladene Waffe ihres Mannes war, von der Sie wussten. Sie schossen auf ihn. Dreimal."

„Ja!"

„Dann erklären Sie mir doch, warum wir keine Fingerabdrücke gefunden haben!"

Sie zögerte. „Ich weiß nicht, warum das wichtig sein sollte. Ich habe doch bereits zugegeben, dass ich ihn erschossen habe. Ist es da nicht unwichtig, dass keine Fingerabdrücke auf der Pistole sind?"

„Nicht auf der Pistole. Sondern am Messer! Das Messer, mit dem Sie sich selbst die gefährlichen Stiche zufügten. Um danach Ihren Mann kaltblütig zu ermorden. Und bevor Sie antworten, informiere ich Sie, dass wir im Büro ihres Mannes einen Aktenvernichter gefunden haben, welcher Überreste von Latexhandschuhen enthielt."

Aurora Grande würgte Magensäure in ihre Nierenschale. Valentino nahm ihr diese sanft ab und verschloss sie mit einem der Laborbeutel, welche er immer mit sich trug.

„Die DNA wird noch heute im Labor abgeglichen."

Sie zischte wütend. „Warum zum Teufel hätte ich das alles tun sollen?"

„Ich wüsste da gleich sechs Milliarden Gründe …"

Ramona Wesselow-Krystosek lebt mit ihrer Familie in Zürich. Die gebürtige Berlinerin findet im Schreiben den ausgleichenden Kontrast zur beruflichen Finanzbranche. Bisher lag der Fokus auf Kurzgeschichten. Sie bezeichnet sich als genre-offen und interessiert – an allen Dimensionen des Schreibens. 2021 wurde ihr Schreibfederkleid mit dem Kinderbuch „Alex' Reise nach Saphora" erstmals sichtbar. Aktuell arbeitet sie an der Entstehung eines Thrillers mit lyrischen Elementen.

Ins Glück entführt

„Nein, das kannst du nicht von mir verlangen! Ich kann diesen Mann unmöglich heiraten. Er ist fett und sein Gesicht ist übersät mit Narben! Bitte, Papa, ich heirate jeden, aber nicht Maximiliano." Flehend sah Francesca ihren Vater an. Verzweiflung und Wut spiegelten sich in ihren dunklen Augen.

„Keine Widerrede, Francesca. Du wirst tun, was ich dir sage. Du weißt, wir brauchen das Geld. Mit eurer Heirat können wir unsere Schulden bezahlen und unsere Besitztümer behalten. Es geht nicht anders. Außerdem liebt er dich."

„Ja, aber ich ihn nicht. Ich hasse dieses Ekelpaket!", schrie Francesca.

„Wähle gefälligst einen anderen Ton, junge Dame. Du bist eine Baroness, vergiss das nicht. Und jetzt kein Wort mehr. Eure Hochzeit ist bereits arrangiert und du wirst dich fügen."

Wutentbrannt stürmte sie aus dem Saal und warf sich in ihrem Zimmer auf das Bett. Tränen strömten aus ihren Augen. Wie konnte Vater so etwas von ihr verlangen? Er wusste, wie sehr sie diesen Mann hasste. Schon sah sie die Schlagzeilen: *Verarmter Adel heiratet reichen Emporkömmling.* Ihre Familie würde das dringend benötigte Geld bekommen, seine den heiß ersehnten Adelstitel. Eine Win-win-Situation. Nur ihre Gefühle übersah man dabei. Sie wurde einfach verkauft und hatte zu funktionieren!

Natürlich war sie sich ihrer Pflicht bewusst, für Nachkommen, vor allem männliche Nachkommen, zu sorgen, um den Fortbestand ihrer Familie zu sichern, doch schon alleine der Gedanke, dass sie mit diesem Fettwanst das Bett teilen sollte, verursachte ihr Übelkeit. Lieber wollte sie sterben.

Sterben? – Ihre Gedanken begannen ein Spiel, welches sie selbst beinahe entsetzte. Warum sollte *sie* sterben? Was wäre, wenn sie Maximiliano heiratete und er in der Hochzeitsnacht an einem Herzinfarkt verstürbe? Es wäre ein Leichtes, ein paar Tropfen in seinen Drink zu mischen. Bei seiner Leibesfülle würde niemand daran zweifeln. Die Aufregung der Hochzeit, die Hochzeitsnacht selbst, alles wäre einfach zu viel für ihn gewesen. Antonio war Apotheker. Er würde ihr sicher das passende Mittel hierfür geben.

Antonio – ein glückliches Lächeln erleuchtete ihr Gesicht. Ja, ihn würde sie ohne zu zögern heiraten. Er sah umwerfend aus, war intelligent und küsste wie ein junger Gott. Wenn sie nur daran dachte, wurde ihr heiß und sie konnte seine Lippen auf ihren spüren. Einen kurzen Augenblick gab sie sich der schönen Erinnerung hin, doch dann zwang sie sich wieder in die Realität zurück.

Hatte sie tatsächlich gerade an Mord gedacht? Francesca kannte sich selbst nicht mehr. Wäre sie überhaupt dazu fähig? Das war doch nicht sie selbst! Sie musste raus, fort von hier. Schnell griff sie nach ihrem warmen Pelzmantel und machte sich auf den Weg. Die eisige Luft der Lagunenstadt würde Klarheit und Ruhe in ihre Gedanken bringen. Sie achtete nicht auf den Weg und lief ziellos durch die Gassen. Ohne es zu merken, stand sie plötzlich vor Antonios Apotheke. Es war kurz vor Ladenschluss und niemand mehr drinnen. So konnte sie ungestört mit ihm reden. Er würde wissen, was zu tun sei.

„Francesca, das ist ja eine Freude, dass du hierherkommst. Oder bist du krank? Brauchst du etwas?" Die Freude in Antonios Stimme, Francesca zu sehen, schlug augenblicklich in Besorgnis um.

„Nein, nein, ich bin nicht krank", lächelte sie. „Aber ich brauche trotzdem etwas von dir. Hast du Zeit? Lass uns ein paar Schritte gehen."

Antonio sah sie ernst an. Sie wirkte so blass und ihr Blick war eigenartig verschleiert. So kannte er sie gar nicht. Sie, die sonst immer so fröhlich war. Was immer auch vorgefallen war, er würde alles tun, um ihr zu helfen. Niemand durfte seiner Francesca etwas antun. Eine gewisse Traurigkeit machte sich in ihm breit. Er wusste nur zu gut, dass sie nie *seine* Francesca sein würde. Ihre Eltern würden einer Heirat nicht zustimmen. Wer war er denn? Nur ein kleiner Apotheker. Sie hingegen stammte aus einem uralten Adelsgeschlecht hier in Venedig. Etwas verarmt in letzter Zeit, aber eben adelig. Er seufzte und nahm den Schlüssel.

„Komm, erzähl mir, was dich bedrückt." Fürsorglich legte er den Arm um ihre Mitte. Sie sah in dankbar an und dann sprudelte alles aus ihr heraus. Die geplante Hochzeit, ihr Widerwillen diesem Mann gegenüber und schließlich ihr Plan. Sie wunderte sich selbst, wie leicht es ihr fiel, darüber zu reden. Als sie geendet hatte, herrschte für einen Augenblick Schweigen zwischen ihnen.

„Francesca, du bist völlig verrückt. Das geht nicht! Wie stellst du dir das vor? Ich kann dir unmöglich etwas dafür geben. Das kann ich nicht verantworten und du kannst es auch nicht. Du zerbrichst daran, wenn du ihn wirklich töten solltest. Hast du schon einmal daran gedacht, dass sie den Vorfall vielleicht doch untersuchen? Dann gehen wir beide ins Gefängnis. Du weißt, was das heißt."

„Du willst mir also nicht helfen?" Fast tonlos kam die Frage aus ihrem Mund.

„Du verstehst nicht. Natürlich will ich dir helfen. Ich liebe dich und ich würde alles für dich tun. Aber ich bin kein Mörder."

Traurig sah sie ihn an, dann drehte sie sich, ohne ein weiteres Wort zu sagen, um und rannte davon.

Antonio blickte ihr noch lange nach. Natürlich hätte er eine passende Mischung herstellen können. Aber er wusste, dass Francesca dadurch nicht glücklich werden würde. Ganz im Gegenteil. Er war sich sicher, dass sie es nicht mit ihrem Gewissen vereinbaren könnte, einen Menschen getötet zu haben, und dass sie selbst daran zerbrechen würde. Nein, es musste eine andere Lösung geben. Ihm würde schon etwas einfallen.

Francesca fühlte sich einsam und hilflos. Antonio war ihre ganze Hoffnung gewesen, doch die war gerade wie eine Seifenblase zerplatzt.

Die Hochzeit war in drei Monaten angesetzt und ihre Mutter war die nächsten Tage damit beschäftigt, Einladungen zu verteilen und alles zu arrangieren. Francesca beteiligte sich kaum daran. Auch die Anprobe des Hochzeitskleides ließ sie nur widerwillig über sich ergehen. Antonio sah sie die ganze Zeit über kein einziges Mal. Sie mied es, in die Nähe seiner Apotheke zu kommen, und er meldete sich ebenfalls nicht bei ihr.

Schließlich war der Tag der Hochzeit gekommen. Man weckte sie früh und hatte ein herrliches Frühstück für sie vorbereitet, doch Francesca konnte nichts essen. Wie in Trance nahm sie die Fahrt zur Kirche wahr. Kaum, dass sie aus dem Auto ausgestiegen war, schoss ein Motorrad heran. Der ganz in Schwarz gekleidete Fahrer brachte sein Gefährt neben ihr zum Stehen, riss sie an sich und mit einem Dreh zog er sie zu sich auf den Rücksitz. Alles geschah in Sekundenschnelle. Bevor die erschrockenen Gäste überhaupt reagieren konnten, waren sie bereits außer Sichtweite.

Francesca konnten keinen klaren Gedanken mehr fassen. Angst breitete sich in ihr aus. Wer war dieser Mann und was wollte er? Warum entführte er sie genau am Tag ihrer Hochzeit? Die Gedanken wirbelten durch Francescas Kopf. „Was willst du von mir?", versuchte sie, gegen den Fahrtwind anzubrüllen.

Doch es kam keine Antwort. Eigenartigerweise fühlte sie, wie sich ihre Angst mit jedem Kilometer, den sie fuhren, zu legen begann und eine gewisse Vertrautheit mit dem Entführer aufkam. Dieser Geruch und die Muskeln, welche sie durch die Motorraddress spüren konnte, kamen ihr irgendwie vertraut vor.

Sie waren bereits Stunden durch die Gegend gebraust, als sie schließlich vor einer verlassenen Almhütte Halt machten. Die schwarze Gestalt stieg ab und zog sie ebenfalls mit zur Hütte. Ein muffiger Geruch schlug ihnen entgegen.

Was um alles in der Welt wollten sie hier? Endlich nahm ihr Entführer den Helm ab und Francesca stieß einen überraschten Schrei aus. „Antonio! Du?"

„Ja, meine Liebe. Hast du wirklich gedacht, ich lasse dich im Stich? Francesca, ich liebe dich, aber ich konnte dich nicht zur Mörderin werden lassen. Sag mir eins: Willst du dein Leben mit mir verbringen? Auch wenn das bedeutet, dass du deine Familie vielleicht nie wiedersehen wirst?"

„Antonio, wenn ich mit dir glücklich sein kann, würde ich alles dafür tun. Du weißt, dass ich mir nie etwas aus Geld gemacht habe."

Er seufzte erleichtert auf. „Dann hör mir zu", begann er scheinbar verunsichert, ob er ihr wirklich alles erzählen sollte.

„Ich habe über Umwege Verbindungen zur Mafia und man hat uns neue Pässe ausgestellt. Wir sind nun Herr und Frau Mancini auf dem Weg nach Amerika. Wir haben in Chicago für den Anfang eine kleine Wohnung. Alles andere wird sich zeigen. Unser Flug geht übermorgen von Frankfurt aus. Morgen bekommen wir ein anderes Auto, mit dem wir weiterfahren werden. Und du natürlich etwas anderes zum Anziehen." Er grinste und deutete auf ihr langes Hochzeitskleid. „Es ist alles arrangiert. Hier oben wird uns heute niemand suchen. Was sagst du?"

Francesca saß da und rührte sich nicht. Antonio hatte ihre Flucht organisiert und sich dafür sogar mit der Mafia eingelassen. Sie war zwar frei und konnte ein neues Leben beginnen, doch musste sie dafür ihre Eltern verletzen. Vielleicht würde sie sie nie wiedersehen. War es das wert?

Langsam hob sie den Kopf und sah Antonio in die Augen. Die stumme Frage und gleichzeitig die bedingungslose Liebe zu ihr, die aus seinen Augen sprach, rührte sie. Ja, dieser Mann liebte sie wirklich. Alles würde gut werden und vielleicht würden ihre Eltern es irgendwann einsehen und sie verstehen.

Sie stand auf und ging auf Antonio zu. Dann schlang sie ihre Arme um seinen Hals und flüsterte ihm glücklich ins Ohr. „Ja, Antonio, ich will. Mit dir kann ich überall glücklich sein."

Sabine Galler *wurde 1973 in Knittelfeld geboren. Nach mehrjähriger Berufspraxis kehrt sie noch einmal an die Schulbank zurück, um an der Karl-Franzens-Universität in Graz Geschichte zu studieren. Heute ist sie verheiratet und lebt mit ihrem Mann und ihren drei Kindern in Großlobming. Sabine Galler schreibt seit ihrer Kindheit. Schon früh verschenkte sie kleine Geschichten als Weihnachtsgeschenke an ihre Familie. Derzeit schreibt sie für verschiedene Anthologien und hat bereits ein (bisher noch unveröffentlichtes) Kinderbuch geschrieben.*

Colpo di fulmine
Liebe auf den ersten Blick

Geschickt lenkte Totò den Scooter durch die engen Gassen der Altstadt Neapels und beachtete dabei nicht die verärgerten Blicke der Fußgänger, die mehrmals vor ihm zurückschreckten. Hauptsächlich waren es Touristen, die sich hier tummelten und sich über den undisziplinierten Rollerfahrer empörten. Totò würdigte sie keines Blickes, hupte noch mehrmals, um sich Platz durch die Masse zu verschaffen, dann hatte er sein Ziel erreicht. Kurz darauf betrat er die unscheinbare Werkstatt, begrüßte den alten Krippenbauer, der konzentriert an einer Figur arbeitete, und begab sich dann in die hinteren Räume der Krippenwerkstatt, wo die wahren, nicht allzu legalen Geschäfte stattfanden.

„Ciao Totò", wurde er von seinem Onkel Ciro begrüßt.

„Ciao, zio, was gibt's?"

„Ist nicht viel los heute. Die ragazzi sind unterwegs, um Ware zu verkaufen. Ich erwarte noch eine Lieferung, dann mache ich Feierabend. Was ist mit dir?"

„Ich habe den Deal mit den Handtaschen klargemacht", erklärte Totò. „Die Teile sehen aus wie das Original."

„E bravo, Totò." Ciro nickte anerkennend, dann hob er eine Augenbraue, bevor er misstrauisch fragte: „Was hast du wieder mitgehen lassen?"

Innerlich fluchte Totò. Sein Onkel kannte ihn einfach zu gut. „Zio …", wollte er protestieren, doch Ciros warnender Blick sorgte dafür, dass Totò ihm das geklaute Portemonnaie schließlich aushändigte.

„Mannaggia, Totò! Du sollst dich nicht mit solchem Kleinkram abgeben!" Missbilligend blickte Ciro auf seinen Neffen, bevor er das Portemonnaie untersuchte. „Keine Kreditkarten, nur ein Zehneuroschein. Tolle Beute!" Schnaubend warf er Totò das Portemonnaie zurück, wobei etwas zu Boden flatterte.

Totò erkannte, dass es ein Foto war und hob es auf. „Wow!", entfuhr es ihm schließlich, während er fasziniert die hübsche Blondine musterte, die auf dem Bild zu erkennen war. Ihre grünen Augen schienen gedankenverloren in die Ferne zu blicken. „Bellissima", flüsterte er ehrfürchtig, während sich ein warmes Gefühl in ihm ausbreitete und sein Herz wild zu pochen begann. Es war zweifellos Liebe auf den ersten Blick!

„Mamma mia, Totò!", riss ihn sein Onkel zurück in die Realität, als er ihm einen leichten Hieb auf den Hinterkopf verpasste. Ciro musterte ihn amüsiert. „Jetzt sag bloß, du hast dich in ein Foto verliebt."

„Ich muss wissen, wer sie ist, zio. Das da ist meine Traumfrau und ich werde sie finden!"

Ciro verdrehte die Augen und schmunzelte. „Dich hat es ja richtig erwischt. Eh, l'amore …", seufzte er, klopfte Totò auf die Schulter und ging.

Totò hatte das Portemonnaie penibel untersucht, jedoch lediglich den Ausweis eines gewissen Gennaro Esposito gefunden. Dies war wohl der Eigentümer der Geldbörse und – diesen Gedanken wollte Totò am liebsten verdrängen – vermutlich der Freund oder Ehemann seiner Angebeteten.

Totòs Bemühungen, mehr über die mysteriöse Frau und den Eigentümer des Portemonnaies herauszufinden, waren allerdings vergeblich. Er hatte die ragazzi mit Kopien des Fotos der Blonden losgeschickt, damit diese sich umhörten, doch niemand in der Stadt schien die Frau zu kennen. Auch der Name des Mannes brachte ihn nicht weiter. Gennaro Esposito war ein weitverbreiteter Name, also suchte Totò die Bar auf, in welcher er das Portemonnaie hatte mitgehen lassen.

Und tatsächlich: Am vierten Tag, an welchem Totò schlecht gelaunt vor der Bar herumlungerte, sah er ihn endlich. Der Mann trug auch heute seinen blauen Kurzmantel genauso wie eine Schiebermütze, die er tief ins Gesicht gezogen hatte. Der Typ trank einen Espresso, telefonierte und verließ die Bar.

Unauffällig folgte Totò ihm, bis der Kerl den nahe gelegenen Bahnhof betrat und kurz darauf in den Zug nach Rom stieg.

Totò zögerte, dann jedoch beschloss er, ihm zu folgen. Dieser Mann war sein einziger Anhaltspunkt. Mit etwas Glück würde er mehr über diesen Esposito erfahren und mit ganz viel Glück würde dieser ihn direkt zu seinem blonden Engel führen. Er musste herausfinden, in welcher Beziehung der Typ zu seiner Traumfrau stand, und er hatte keine Hemmungen, diesen aus dem Weg zu räumen. Einen Mord hatte er zwar noch nicht begangen, doch mit seiner Pistole war er recht geschickt und er würde sie einsetzen, wenn es erforderlich sein würde, um seinen Nebenbuhler auszuschalten. Bei diesem Gedanken glitt seine Hand unwillkürlich an das kühle Metall unter seiner Jacke.

Nach einer guten Stunde Fahrt erreichten sie den Bahnhof Termini. Mit der U-Bahn fuhren sie weiter bis zur Station Circo Massimo. Aufmerksam und mit genügend Abstand folgte Totò dem Kerl, bis dieser in eine Seitengasse bog. Schließlich erreichten sie eine recht ruhige Gegend.

In einem Hauseingang stellte Esposito sich unter und schien abzuwarten, während er den Eingang des gegenüberliegenden Hauses nicht aus den Augen ließ. Was zum Teufel sollte das denn? War es wirklich eine so gute Idee gewesen, diesem Verrückten zu folgen? Was sollte er nun tun? Sollte er warten und schauen, was passieren würde? Totò fluchte leise, bevor er sich ebenfalls in einen Hauseingang lehnte und Esposito beobachtete.

Eine Zeit lang passierte nichts, doch plötzlich schien Esposito sich anzuspannen. Er verengte die Augen zu Schlitzen und griff in seinen Mantel. Totò blickte auf das Gebäude, welches der Mann so lange beobachtet hatte und … da war sie! Doch was hatte Esposito vor? Dieser Griff unter den Mantel … Totò hatte eine böse Vorahnung und reagierte blitzschnell, als er die Pistole erspähte, die der Typ hervorgezogen hatte, um auf die blonde Schönheit zu zielen. Der Schuss löste sich und verfehlte sein Ziel nicht.

„Also noch einmal: Was hatten sie dort zu suchen?", fragte der Kommissar erneut.

Totò jedoch blieb hartnäckig und fragte seinerseits: „Was ist mit ihr? Geht es ihr gut?"

Bevor der Kommissar etwas erwidern konnte, öffnete sich die Tür und Totò traute seinen Augen nicht, als seine Angebetete den Verhörraum betrat. „Ist gut, Marchetti. Ich übernehme", erklärte sie und setzte sich Totò gegenüber, der nun gar nichts mehr verstand.

„Also", begann sie. „Ich verdanke dir wohl mein Leben. Das wird der Richter sicherlich berücksichtigen. Dennoch wirst du uns einiges erklären müssen. Weshalb warst du am Tatort?"

„Ich wollte dich finden", erklärte Totò. „Daher bin ich Esposito gefolgt. Als er dich erschießen wollte, war ich schneller."

„Das ist nicht sein wahrer Name. Tatsächlich hast du einen bekannten Auftragsmörder erschossen auf dessen Liste ich stand. Er hat den Mord wohl schon länger geplant und heute grünes Licht dafür erhalten. Ich leite erfolgreich eine operative Abteilung der DIA und habe daher viele Feinde."

„Du bist Polizistin?"

„Ispettore capo Anna Mancini", stellte sie sich vor und Totòs Augen begannen augenblicklich, zu strahlen. Anna, ihr Name war Anna. Es war egal, ob er für den Mord angeklagt würde, er hatte seine Anna gerettet, nur dies zählte. Endlich hatte er sie gefunden und er würde ihr Herz erobern. Auch wenn sie Polizistin war, nichts würde ihn daran hindern. Vermutlich würde sein Onkel ihn enterben und ihm ebenfalls einen Auftragskiller auf den Hals hetzen, doch auch das war egal.

„Wir müssen herausfinden, wer die Auftraggeber sind", unterbrach Anna seine Gedanken. Was weißt du über diesen Mann? Du warst sicherlich nicht zufällig Vorort. Und ich wüsste gern, weshalb du eine Waffe besitzt."

Totò stöhnte und meinte schließlich: „Ich werde dir alles erklären und ich werde euch helfen, die Auftraggeber zu finden, schließlich habe ich Beziehungen. Aber ich habe da eine Bedingung …"

„Und die wäre?" Anna schaute ihn erwartungsvoll an.

Totò lächelte. „Geh mit mir aus."

Pamela Murtas, *wurde 1975 in Frankfurt-Höchst geboren, lebte jedoch seit ihrem zehnten Lebensjahr in Italien, wo sie an der Deutschen Schule Mailand ihr Abitur absolvierte. Nach drei Jahren Moskauaufenthalt kehrte sie nach Italien zurück, um in Rom professionellen Reitsport zu betreiben. Seit 2007 wohnt sie erneut in Deutschland. Veröffentlicht hat sie bisher den vierteiligen Abenteuerroman „Destini", außerdem weitere Kurzgeschichten und Gedichte in verschiedenen Anthologien.*

Un problema in bella Italia

Mein Auto ist weg. Verschwunden. Wie vom Erdboden verschluckt. Ich stehe nahe Neapel auf einem riesigen Parkplatz. Zwei Palmen malen eine südländische Silhouette in den Abendhimmel. Die Sonne zerschmilzt im Meer, das nur wenige hundert Meter von mir entfernt liegt. Ein lauer Wind trägt eine zarte Brise von gegrilltem Fisch zu mir. Ich schließe die Augen. Schön ist es. „Ich will nicht weg", denke ich. Aber der Flug für morgen ist gebucht. Abrupt reiße ich die Augen wieder auf, die Realität umklammert mich auf der Stelle. Für zehn Minuten war ich in einem dieser Mega-Supermärkte, habe nur eine Flasche Rotwein gekauft. Und jetzt das ... Die Autos, die um mich herum geparkt haben, stehen da: der gelbe Van, der weiße Transporter. Gähnende Leere dazwischen. Da, wo ich meinen Mietwagen geparkt habe.

Hatte.

Die klaffende Lücke beschert mir einen Knoten in der Magengegend. Wie man einen Wagen in der Kürze der Zeit stehlen kann, mit einer Wegfahrsperre, die jedes Mal beim Parken umständlich in die Gangschaltung gefädelt und abgeschlossen werden muss, ist mir ein absolutes Rätsel. Ich muss die Autovermietung benachrichtigen, danach muss ich mich um alles Weitere kümmern.

Fabrizio.

Wo ist mein Handy? Etwa im Handschuhfach meines Fiats?

Schleunig eile ich zurück in den Supermarkt, in den Bereich hinter den Kassen, wo ich Telefone gesehen habe. Autovermietung. Leider ist der Sachverhalt mit ein paar Brocken Urlaubsitalienisch nicht darzustellen. Gleich soll ich noch einmal anrufen. Wenigstens erreiche ich Fabrizio. Genau genommen seine Mutter, aber es ist fast das Gleiche. Auf seine mamma ist Verlass. Nachdem ihr Redeschwall beendet ist, heißt es Warten.

„Hai un problema?" Man sieht es mir an. Ein freundlicher Italiener, in dessen Einkaufswagen sich der Wochenendeinkauf für die Großfamilie türmt, bleibt stehen.

„Nicht nur eins", denke ich, „sondern mehrere. Viele." Während ich überlege, ob ich ihm das schildern soll, stoppt ein zweiter Mann, der mich über seine eingekauften Brokkoli-Berge hinweg besorgt betrachtet.

Warum redet Fabrizio immerzu Deutsch mit mir? Ich kann so gut wie kein Italienisch.

Ein weiterer Mensch gesellt sich dazu ... und noch einer ... Ein Andrang, als gäbe es etwas im Sonderangebot, innerhalb weniger Minuten hat sich hinter der Kassenreihe ein kleiner Pulk gebildet – personifizierte Hilfsbereitschaft um mich herum.

Unter Einsatz von Händen gelingt eine radebrechende Kommunikation. Eine Hand mehr zu haben, wäre nicht schlecht. Dennoch *la macchina è rubata* scheint die korrekte Übersetzung meines Hauptproblems ins Italienische zu sein.

Und nachdem das der Menschentraube klar ist, spült Empörung hoch wie eine Eruption des Vesuvs. Die Italiener verleihen der Situation die Emotionalität, die ich mühsam unterdrücke. Lautstarke Entrüstung. Für das deutsche Ohr klingt es nach Aufstand, Rebellion. Ausdrucksstarkes Kopfschütteln. Gesten, die nichts Gutes bedeuten. Augen wütend zum Himmel gerollt, in diesem Fall in Richtung der gleißenden Neonröhren. Ich halte meine Tasche mit der Flasche Wein wie ein Baby gegen die Brust gepresst.

Urplötzlich ebbt die Lautstärke ab. Man nickt mir verständnisvoll zu, die Gesichter spiegeln Anteilnahme und liebenswürdige Solidarität. Ja, das passiert, sieht man an den sorgenvollen Mienen. Was wahrscheinlich so viel heißt wie: Nicht außergewöhnlich, gehört zum Alltag hier im Süden. Bestimmt mag man es mir nicht direkt sagen.

Kaum sind die Emotionen verpufft, bricht eine Debatte los, die sich gewaschen hat. Stimmgewaltig. Natürlich. Und jetzt zeigen mir die europäischen Nachbarn, zu welchem Einsatz Hände beim Sprechen fähig sind. Ich könnte einiges von den Herrschaften lernen. Neben der beeindruckenden Fülle von Gesten tauchen die für mich verständlichen Begriffe problema, macchina und robata wie einsame Inseln in dem tosenden Stimmenmeer auf.

Jeder, der sich von der Kasse mit vollem Einkaufswagen in Richtung Parkplatz schiebt, wirft dem Menschenauflauf einen interessierten Blick zu – bereitwillig wird jeder Neuling auf denselben Wissensstand gebracht – oder bleibt stehen, um sich an der Diskussion zu beteiligen.

Unterdessen eile ich erneut zum Telefon, um mit der Autovermietung zu sprechen. Nein, sagt man mir, leider sei die Dame, die Englisch spricht, noch immer nicht da. Aber gleich. Hoffentlich kommt sie heute überhaupt. Es ist Freitagabend und die Autovermietung ist im Feierabendmodus.

Mittlerweile ist mein Hilfstrupp auf etwa zwanzig Leute angewachsen. „Problema", hallt es weiterhin durch die Menge. Inzwischen fühle ich mich als unfreiwilliger Mittelpunkt des Supermarktes, als wäre ich das Abendspektakel. Eine gestrandete Touristin, hautnah miterlebt. Das ist doch mal etwas anderes.

Mit einer gewissen Resignation lausche ich – für einen Moment der misslichen Situation entrückt – diesem unglaublichen Stimmengewirr, das mir wie eine Mischung aus *Stiller Post* und Debattierklub vorkommt. Wer erlebt hier wessen Spektakel? Kurzweilig ist es in jedem Fall.

Nur: Mein Problem ist damit nicht gelöst.

Mit stolzem Gang betritt Fabrizio nun die Bühne. Gott sei Dank! Mein Fabrizio. Gut, dass er es so schnell geschafft hat. Als Erstes küsst er mich. Filmreif wie immer. Alle starren uns an. Das Stimmengewirr verebbt. Ein neuer Akt beginnt. Mit wenigen Worten erkläre ich ihm, was passiert ist. Fabrizio nickt und übersetzt simultan für die Zuschauer.

„Ah, macchina a noleggio!" Der Mietwagen. Ein kollektives Raunen der Erlösung schwebt wie eine Klangwelle durch die Halle. Als wäre die Losung, das Passwort gefallen, ein Zauberwort, das alles Böse aufhebt. Macchina a noleggio. Alles klar … Jetzt sehe ich in aufgehellte, glückliche Gesichter. Freundliches Schulterklopfen. Es wird gelacht. Ich lächle mit, auch wenn ich das alles nicht verstehe. Der Leihwagen, nicht das eigene Auto! Wenn es sonst nichts ist … Und so schnell, wie sich die Gruppe gebildet hat, löst sie sich auch wieder auf. Drei Minuten später bin ich mit Fabrizio alleine. Hand in Hand gehen wir nach draußen. Inzwischen ist die Sonne untergegangen, der Himmel hängt voller rosa Wolken. Hinter dem Gebäude des Supermarktes ragt der Vesuv als kobaltblauer Schatten hoch.

Fabrizio verspricht mir: „Ich kümmere mich um alles."

Das heißt, er wird die Sache geradebiegen. Wie auch immer er das macht. Ich habe gelernt, es wird klappen, wenn er sich darum kümmert.

„Entspanne dich, cara mia!"

Er hat eine riesengroße Familie, zahllose Freunde, unglaubliche Beziehungen. Hilfreich und effizient.

Ja, ich habe ein geradezu unerschütterliches Gottvertrauen in Fabrizios Möglichkeiten, mir zu helfen.

„Jetzt lade ich dich zum Essen ein!"

Und er hat immer die Ruhe weg.

„Mein Flug …", beginne ich, schwach zu protestieren.

„Ich kümmere mich darum."

„Mein Handy!"

„Ich kümmere mich."

„Meine Arbeit …"

„Du bist krank, sag das deinem Chef. Liebeskrank."

Ich sehe Fabrizio von der Seite an. Er wollte nicht, dass ich morgen fliege. Ja, er hat mich gebeten, die Zeit mit ihm, den Urlaub zu verlängern. Mehrmals. Sogar angefleht hat er mich, bei Champagner am Strand versucht, mich zu bezirzen. Mein Fabrizio mag es stilvoll. Und mit Genuss und Zeit. Meine Stippvisiten hingegen mag er überhaupt nicht. Ich bin im Begriff, über eine Verlängerung nachzudenken. Für eine Sekunde blitzt der Gedanke in mir auf, Fabrizio könne etwas mit dem Verschwinden des Autos zu tun haben. Aber das ist absurd. Oder?

Seine dunklen Augen funkeln, als ich ihn genau das frage.

„Sì, completamente assurdo", haucht er mir ins Ohr, bevor er mich abermals küsst.

Bettina Schneider, *Jahrgang 1968, lebt in Berlin, verheiratet, zwei Kinder und ein Hund, Studium der Betriebswirtschaftslehre, im Anschluss zehn abwechslungsreiche Jahre im Rechnungswesen in der Privatwirtschaft, heute Freiraum für kreative Tätigkeit. Sie schreibt mit Begeisterung Kurzprosa, einiges davon ist veröffentlicht. Sie ist eine Leseratte, liebt Sonne und blauen Himmel und mag Waldspaziergänge.*

Allegros letzter Akt

Als Antonio Passua in seiner Eigenschaft als Adjutant der Kantonspolizei Bern nach Italien gesandt wurde, hätte sein Mangel an Begeisterung kaum besser als in einem Wort auf den Punkt gebracht werden können: „Verdammi!" Dieser Fluch, der Eidgenossen in Situationen des Unglücks von den Lippen fliegt, beherrschte seine Gedanken, bis er sich an die Vorstellung zu gewöhnen begann, dass er zurückkehrte in das Land von Pasta und Passione. Er hatte mit Italien nicht mehr viel am Hut, auch wenn er der Sprache mächtig war und sein Vater aus Neapel stammte. Die letzte Unterhaltung unter Männern, wie sein Vater es nannte, war allerdings auch schon eine Weile her.

Antonio war in den Schweizer Bergen aufgewachsen, jetzt bezog er eine Wohnung unweit der Dreifaltigkeitskirche in Bern. Die Annehmlichkeiten des Großstadtlebens hatte er verinnerlicht wie sein morgendliches Jogginritual. Dafür erntete er natürlich Blicke, denn niemand nahm heutzutage noch körperliche Ertüchtigung in Kauf, um die Leibeskräfte zu stählen.

Er befand sich in Kommunikation mit seiner Mutter, als eine Alarmierungsnotiz des Hauptquartiers bei ihm einging: *Auftrag. Die italienische Polizei in Verona ersucht um Unterstützung in einem ungeklärten Todesfall.*

Antonio unterdrückte jeden Kraftausdruck und blinzelte die Nachricht mit seinen künstlichen Augen weg.

„Der Dienst ruft", beantwortete er das Fragezeichen, das seine Mutter aus der Tiefe ihres Todes schickte. Antonio löste die Verkabelung und verließ den großen Saal des Seelenasyls, wo Angehörige den Kontakt zu ihren liebsten Verstorbenen pflegen konnten. Auf der großen Freitreppe des städtischen Gebäudes malte verwehendes Herbstlaub ein Bild der Melancholie. Die Wolkengleiter surrten durch den tief liegenden Himmel und waren Teil der Symphonie, in die sich auch der elektronische Hall der schwebenden Bildschirme mischte. Antonio ging an einer Update-Wand vorbei und ließ für einen Moment das Ergebnis auf sich wirken. Die Spiegelfläche zeigte ihn jünger, der Blick aus echten Augen war wacher, das dunkelblonde Haar voller und fein gescheitelt, statt in alle Richtungen abstehend. Aus Jeans und schnöder Winterjacke wurde ein grauer Zweireiher und ein Pelz für Männer, wie er der aktuellen Mode entsprach. Mitten hinein in dieses Bild explodierte die Werbeschrift in großen gelben Lettern: *Es ist nie zu spät für ein Update ... Auch nie zu früh!*

Antonio verbarg sein 43-jähriges Gesicht unter der Kapuze und setzte seinen Weg fort. Sein letzter Besuch im Update-Salon war vor rund fünf Jahren gewesen. Echte Augen konnte er sich nicht leisten.

Im Hauptquartier erfuhr er die Einzelheiten des Sachverhalts und erhielt das Ticket für seinen Prio-1-Flug in die Stadt von Romeo und Julia.

„Toni!", rief ihm sein Büronachbar Max zum Abschied hinterher. „Italien? Hast du da drüben nicht dein Herz verloren? Mach's guät und viel Glick!"

Das entsprach nur ungefähr der Wahrheit. Antonios Herz machte noch seine 68 Schläge pro Minute. Dafür hatte er etwas anderes eingebüßt: den klaren Blick auf die Dinge.

Verona war eine Stadt, in der die Geschichte mit der Moderne im Wettstreit lag – es stand Unentschieden, aber die Moderne drohte, die Oberhand zu gewinnen. Das polizeiliche Hauptquartier hätte jedenfalls auf jeder Ausstellung für Moderne Kunst eine gute Figur gemacht.

Commissario Salvini trug einen Schnurrbart und beigefarbene Schuhe. Er war ganz schmucker Italiener und entsprach den Schilderungen in billigen Romanen und Reiseführern. Auf dem Flug zum Tatort plapperte er pausenlos. „Die sind doch nicht echt, oder?" Er deutete auf Antonios Augen. Der Adjutant blieb eine Antwort schuldig.

Als sie am Wohnsitz der Familie Allegro angelangt waren, schickte er den Commissario vor die Tür. „Rauchen Sie eine Zigarette", sagte er knapp, „ich muss mir zunächst alleine ein Bild machen."

„Haha, mit künstlichen Augen!"

Antonio besah sich die Treppe, die in den Keller hinabführte, und konzentrierte sich ganz auf den Ort, bis vor seinem inneren Auge ein Bild des Tathergangs erstand. „Ich muss das Opfer sprechen", sagte er zum Commissario, der sich ein Grinsen nicht verkneifen konnte.

„Gibt es da noch viel zu prüfen und zu fragen? Handelt es sich hier nicht sonnenklar um einen Unfall?" Der Adjutant machte ein abwesendes Gesicht.

„Wir machen das ja nicht, mit Toten sprechen. Ihre Ruhe ist uns heilig."

„Ja, natürlich, aber Sie haben mich bestellt, weil noch Ungereimtheiten bestehen."

„Das war die Zentrale. Für mich ist alles clarissimo. Ein altes Ehepaar, das vom Leben nicht mehr viel zu erwarten hat, macht eine Rotwein-Sause und beim Gang in den Keller, um Nachschub zu besorgen, tritt der Alte ins Leere und …"

„Ich muss ihn sprechen."

Salvini lachte und schlug ihm auf die Schulter. „Si, certo."

Alessandro Allegro, der seinen letzten Fehltritt mit den Gedanken an einen guten Roten gemacht hatte, war nicht gerade angetan, als ihn der Adjutant in seiner Totenruhe aufstöberte.

Antonio fragte: „Wie hat sich der Unfall zugetragen?"

„Na ja, wir haben gefeiert, meinen 79. Geburtstag, wissen Sie."

„Alles Gute nachträglich."

„Danke. Wir haben Wein getrunken. Da bin ich in den Keller, um eine neue Flasche zu holen. Und dann … Ich bin wohl neben die Stufe getreten und abgestürzt. Meine Frau hat damit nichts zu tun."

„Gegen Ihre Frau habe ich nichts vorgebracht …"

Plötzlich brach der Verunglückte in Tränen aus. „Sie war immer so schrecklich eifersüchtig."

„Hmm …"

„Ja, ich habe mal, das ist aber wirklich lange her, ein Auge auf ihre Schwester geworfen."

„Wann war das?"

Er druckste herum, murmelte etwas. „Prego? Fünf Wochen, sagten Sie?"

„Ein unschuldiger Blick! Aus … vielleicht ein wenig überschäumenden Augen. Zugegeben, ja. Länger als die zulässigen zehn Sekunden."

„Signor Allegro, was ist am Abend Ihres Unfalltodes passiert?"

„Muss ich darauf antworten?"

„Sie befinden sich in einer kriminalpolizeilichen Untersuchung der Kantonspolizei Bern. Da ist es unerlässlich …"

„Also gut, ich rede ja schon!"

Antonio spürte kalten Triumph im Herzen.

„Es war ihre Schwester. Sie hat mir aufgelauert."

„Was? Im Keller?"

„Sie wollte noch einmal … Sie wissen doch, wie das ist …"

Antonio, der sich seit fast zwanzig Jahren kein Frauenzimmer mehr an-
gelacht hatte, konnte es sich nur verschwommen vorstellen. Wann hatte
ein Mann jemals eine günstige Gelegenheit ausgelassen? Oder?

„Ich kann in Ihre Seele blicken, Herr Adjutant. Sie sind tatsächlich interessiert an der Wahrheit, nicht wahr?"

„Also?"

„Sie hat mich verführt, jawohl. Im Keller. Dann ... es war das Herz.
Unten lief alles fantastisch, aber das Herz ..."

„Nur das Herz? Ihr Schädel war arg zugerichtet."

„Ein unangenehmer Sturz."

Jetzt log der Verstorbene doch, Antonio hatte ein Gespür dafür.

„Und dann senkte sich der Vorhang ... Zum Rest der Geschichte kann
ich also gar nichts sagen."

„Nun, wie ich hörte, ist Ihre Frau vorerst bei ihrer Schwester unterge-
kommen. Also nehme ich an ..."

„Die halten zusammen. Die lieben sich. Was auch geschehen mag. Das
ist schon immer so gewesen."

„Schwesternliebe, wie?"

„Ja, echte, wahrhaftige Schwesternliebe!"

Als Antonio Passua den Fall, deklariert als Unfalltod, zu den Akten legte,
spürte er einen Stich im Herzen. Aber es war eine Sache, den Dingen auf
den Grund zu gehen ... eine andere, sich mit der Wut und Leidenschaft
italienischer Frauen einzulassen. Schließlich hatte ihm schon einmal eine
Italienerin die Augen ausgekratzt.

Sein Herz brauchte er noch für seine Joggingtouren.

***Curt Bilissi,** Jahrgang 1975. Seit der Preisträger des Freiburger Krimipreises
mehr als zwei Worte aufeinander folgen lassen kann, heckt er seine Geschichten
aus. Die Geduld des Papiers, auf dem Geschichten immer noch am besten zur
Geltung kommen, hat er verinnerlicht: Vor Drucklegung seiner Worte hielt er
es für unabdingbar, zunächst die satten Farben eines reifen Mannes anzuneh-
men. Gefährlich tiefschürfende Gedanken sowie diverse Gebrechen, die von
diesem Reifeprozess zeugen, veranlassen ihn nun, den Schritt auf das Papier
zu wagen. Ansonsten liegt er in der Hängematte, fängt die Sonnenstrahlen ein
und lauscht dem Zwitschern der Vögel. Oder er sitzt vor dem Kamin, knackt
Walnüsse und widmet sich der Lektüre eines guten Buchs.*

#spontan#Nachtzug#Neapel

„Du solltest mal wieder spontan sein", hatte er gesagt. „Dein neuer Job macht dich unentspannt. Dein Leben ist kein Businessplan. Excel Tabellen sind kein geeignetes Rezept, um glücklich zu werden."

Er hatte recht, wie immer. Dieser Job war alles andere als entspannt: Jeden Tag nur Formeln auf ihre Plausibilität zu checken und Modellrechnungen anzustellen, war nicht gerade das, was man sich als erfüllend vorstellte. Diese Arbeit hatte nichts mit Spontanität zu tun.

Spontan war sie in den Jahren während ihres Studiums, als sie quer durch Europa reiste. Gerne erinnerte sie sich an die Zeit, als sie mit dem Nachtzug nach Rom fuhr, gleich mal großartige Leute im Abteil kennenlernte, die ganze Nacht quatschte, trank und den einen oder anderen Joint auf der Toilette rauchte, später dann durch Rom zog, nicht das übliche Touristenprogramm zwischen Vatikan und Kolosseum, sondern von einer Trattoria in die andere, von Café zu Bar, in zweifelhaften Pensionen abstieg und in einer dunklen Gasse ausgeraubt wurde. Letzteres sollte sie besser vermeiden, aber sonst zählten die Tage, an denen sie ohne großes Nachdenken lebte, zu den besten.

Was war passiert? Warum hatte sie, seit sie bei der Beratungsfirma angeheuert hatte, nur mehr eine Beziehung zu ihrem Notebook? Das konnte es doch nicht sein.

Es war Donnerstagabend, als ihr der Satz: „Du solltest mal wieder spontan sein", nicht mehr aus dem Kopf ging. Kurzentschlossen nahm sie sich den nächsten Tag frei und fuhr zum Hauptbahnhof. Ein Ticket für den Nachtexpress nach … Rom oder Neapel.

„Wenn Sie noch nie in Neapel waren, dann sollten Sie vielleicht diese Stadt kennenlernen", meinte der freundliche Beamte am Ticketschalter.

Neapel? Mafia und Müll ging ihr durch den Kopf, aber ihr Gegenüber sah es positiver.

„Denken Sie nur an die Pizza, die beste Pizza kommt aus Neapel und dann gibt es noch Capri, laue Sommernächte will man vielleicht nicht in der Stadt verbringen, die Fahrt dauert nur eineinhalb Stunden!"

Warum nicht nach Neapel?

Okay, dann Neapel.

Aufgeregt bestieg sie den Zug, suchte nach ihrem Schlafabteil. Mit wem würde sie es sich wohl teilen? Wer war genauso spontan wie sie? Bis kurz vor der Abfahrt saß sie allein da, und dachte schon, dass es wohl diesmal nichts mit einer interessanten Bekanntschaft für die Nacht würde, als sich eine völlig abgehetzte Familie in das Abteil drängte. Wie würde sie die Nacht bloß überstehen? Raunzende Kinder, überanstrengte Eltern – sie begann, ihre Spontanität, vor allem aber ihre Sentimentalität frühere Zeiten heraufzubeschwören, bereits zu bereuen.

Der Rotwein aus dem Speisewagen half ihr, die Nacht zu überstehen, während der Zug gegen Süden rollte. Rom lag hinter ihnen und die Sonne war längst aufgegangen, Italien zeigte sich von seiner besten Seite. Gegen die Müdigkeit half ein Kaffee. Und während sie einen Espresso trank und verträumt aus dem Fenster schaute, sprach sie ein älterer Mann an. Ob er sich vielleicht ein wenig zu ihr setzen könne. Er stellte sich als Franco vor und wollte, wie sie auch, nach Neapel, seinen Neffen Alessandro, den Sohn seiner Schwester, besuchen. Dass sie aus Deutschland sei, das begeisterte ihn, in einem Mischmasch aus Italienisch, Englisch und Deutsch schwärmte er von den Innovationen, der Technik und den Frauen. Ganz anders als die Italienerinnen seien sie, die Deutschen ... sie sollte doch unbedingt seinen Alessandro kennenlernen. Der ältere Mann spielte mit ihren Gefühlen und sie ließ es zu. Warum nicht spontan Alessandro kennenlernen?

Alessandro war jener Typ Mann, dem die ungezwungene Leichtigkeit des Seins im Blut lag. Als prima piatto lud er sie auf seiner Vespa auf eine Rundfahrt durch die Stadt ein, il secondo war der Abend am Meer und il dolce kam später zu Hause. Der Chianti tat das seine, sie war Hals über Kopf verliebt. Natürlich wusste sie, dass das alles unwirklich war, aber warum sich Gedanken machen, auf den Moment kam es an, ja nicht sentimental sein und nicht an morgen denken.

Leider war ihr Kampf gegen die Zeit erfolglos, auch wenn sie es sich noch so sehr wünschte, auf jedes Heute folgte ein Morgen, das ihr unerträglich erschien, als sie den Nachtzug nach München bestieg.

„Natürlich werden wir uns wiedersehen, ich besuche dich in München, du kommst nach Neapel", versprach ihr Alessandro. „Und schließlich gibt es auch noch Videochats für die Tage dazwischen."

Sein Optimismus beim Abschied ließ sie fast vergessen, dass zwischen ihnen über 1000 Kilometer lagen, und auch Franco, Alessandros väterliche Onkel, versicherte ihr, dass er seinen Alessandro noch nie so glücklich gesehen habe. Was hätte sie anders denken sollen als an ein Happy End wie in einem schlechten Film.

Die Realität holte sie spätestens bei der Ankunft am Münchner Hauptbahnhof montagmorgens ein, als sie nach dem langen Wochenende ihr Mobiltelefon aufdrehte, ihre E-Mails checkte und einen Blick auf die anstehenden Meetings warf. Am liebsten wäre sie auf der Stelle umgedreht, in Neapel schien es keinen Terminkalender zu geben, dort warteten keine Businesspläne, dort entschied man nach dem Hier und Jetzt.

Noch nie hatte sie sich so deplatziert in ihrem Job gefühlt. Wer einmal die Ungezwungenheit des Lebens gekostet hatte, dem bekam die schwere Kost in Deutschland nicht. Die Sehnsucht in ihr schmerzte, nur die Stimme von Alessandro, wie er sie in ihren abendlichen Videochats Bella nannte, konnte sie für ein paar Stunden glücklich machen, bevor ihr Begehren nach einem Leben fernab wieder ins Unerträgliche stieg.

Alessandro nahm ihr die Furcht von allem, was kommen mochte. Nur diesmal schien auch Alessandro seine Leichtigkeit abhandengekommen sein. „Was ist los?", fragte sie in ihrem Onlinedate.

Alessandro wollte nicht so recht mit der Sprache hinaus. „Nichts, was dich beunruhigen sollte, familiäre Probleme", wich er aus.

Sie ließ nicht locker und nach einigem Hin und Her kam es schließlich heraus: Franco war krank, das Herz, er war im Krankenhaus, aber die rettende OP, die zahle die staatliche Krankenversicherung nicht. Er müsse schauen, wie er das Geld zusammenbekäme. Franco dürfe nicht sterben, er war immer wie ein Vater, den er nicht hatte.

Sie zögerte nicht lang und sagte nur: „Wie viel?"

„10.000 Euro würden helfen …"

Noch heute könne er mit dem Geld rechnen, sicherte sie ihm zu. Franco, dieser liebenswerte Mensch, was war Geld, wenn es darum ging, eine Familie zu retten. Alessandro konnte die Tränen kaum zurückhalten.

Eine Überweisung war schnell getan, aber war das genug? Sie wollte Alessandro vor Ort helfen: Spontan wollte sie doch sein.

Also buchte sie sich den nächsten Flug nach Neapel, um Alessandro und Onkel Franco zu überraschen. Keine Nachtzüge mehr, diesmal musste es rasch gehen.

Gelandet in Neapel, schnell ins Taxi zu Alessandros Adresse, doch er war nicht da. Um sich die Zeit zu vertreiben, ging sie durch die engen Gassen, zur nächsten Piazza und dann sah sie ihn: Franco. Er saß mit einer jungen Frau zusammen und sah eigentlich nicht krank aus.

Sie zögerte und versuchte, zu hören, was die beiden besprachen. Es fiel der Name Alessandro. Er zeigte ihr auf seinem Mobiltelefon die Fotos und schwärmte von ihm, so wie er es bei ihr getan hat. Sie trat einige Schritte zurück, schaute sich um und es wurde ihr schwindelig.

„Nein", schoss es ihr durch den Kopf, „das kann es doch nicht sein, wie konnte sie nur auf den ältesten Trick hereinfallen: kranker Onkel, Geld …" Sie konnte doch nicht ernsthaft geglaubt haben, dass das alles echt war. #spontan – für die nächsten Jahre hatte sie genug davon.

Andrea Nussbaum lebt und arbeitet in Wien. Während und nach dem Studium der Kommunikationswissenschaft Mitarbeit in Kulturinstitutionen, Auslandsaufenthalt in New York, ab 2000 redaktionelle Tätigkeiten für Zeitschriften und Verlage, danach Einstieg in das „klassische" Berufsleben einer Angestellten internationaler Konzerne.

Wir finden dich überall ...

Lucio, der kleine Mann mit der großen Stimme, stand umgeben von seinen Bodyguards, bereit zum Abflug nach Neapel im Flughafen Palermo-Punta Raisi und wirkte ziemlich nervös. Einerseits freute er sich auf sein heimliches Wiedersehen mit Luca, der in seinem Adressbuch des Handys Lucia hieß, andererseits hoffte er natürlich, dass ihn niemand wiedererkennen würde. Die Paparazzi waren in Italien lästiger als die nächtlichen Mücken und wenn sie einen erst entdeckt hatten, dann bleiben sie an ihm kleben und konnten äußerst unangenehm werden. Nun ja, die weiße Mütze war seit Langem sein Markenzeichen und ohne die ging er nirgendwohin. Natürlich wurde Lucio als VIP behandelt und durfte vor all den anderen Passagieren das Flugzeug betreten und in der ersten Reihe Platz nehmen. Hinter ihm blieb eine ganze Reihe frei, damit er nicht belästigt oder belauscht werden konnte.

Wer schon einmal in Palermo gelandet oder gestartet ist, weiß, dass da nur erfahrene Piloten im Cockpit sitzen dürfen, denn auf der einen Seite der Landebahn erhebt dich der 606 Meter hohe Monte Pellegrino und auf der andern Seite breitet sich das Meer aus. Makaber könnte man sagen: Wenn's schiefläuft, zerschellt das Flugzeug am Berg oder versinkt im Tyrrhenischen Meer.

So war es nicht verwunderlich, dass Lucio während der Startphase inbrünstig ein Vaterunser nach dem andern herunterleierte. Während des Fluges, der ziemlich genau eine Stunde dauerte, schien die Welt in Ordnung zu sein, denn es gab keine Turbulenzen und der für spezielle Gäste reservierte Champagner sorgte dafür, dass die Stimmung beim VIP-Passagier immer gelöster wurde. Im Nu befand sich die ITA Airways im Sinkflug und landete pünktlich in Neapel-Capodichino.

Während alle Passagiere den Hinterausgang des Flugzeuges benutzen mussten, konnten Lucio und seine Bodyguards unbeobachtet durch den Vorderausgang das Flugzeug verlassen und wurden unten an der Treppe schon von einem Taxi erwartet, das sie zu einem Spezialausgang des Flughafens begleitete. Dort wiederum konnten sie in einen eleganten Van mit verdunkelten Fenstern umsteigen und nach kürzester Zeit sah man nur noch die Rücklichter aufleuchten.

Nach einer 20-minütigen Fahrzeit erreichten sie das Fünfsternehotel und konnten durch das unterirdische Hotel-Parkhaus direkt vor dem Hotellift aussteigen und im reservierten 5. Stock verschwinden. Lucios Personenwächter respektierten selbstverständlich die Privatsphäre ihres Chefs und bezogen links und rechts der Suite ihre ebenfalls luxuriösen Zimmer.

Und wer wartete schon ungeduldig in der traumhaften Unterkunft auf den kleinen Mann mit der weißen Mütze? Natürlich niemand anderes als Luca, der als Lucia unter größter Geheimhaltung die Suite gebucht hatte. War das ein Wiedersehen nach einigen Monaten der totalen Abstinenz! Die beiden Liebenden wussten nur zu gut, was es bedeuten würde, wenn die Umwelt erfuhr, dass der geniale Sänger und Songwriter homosexuell war. Es war einfach nur schlimm, dass in der heutigen Zeit so etwas überhaupt noch eine Rolle spielte. Worum ging es da? Schlicht und einfach um zwei Menschen, die sich liebten und eine kurze oder lange Phase ihres Lebens miteinander verbringen wollten. Nicht mehr und nicht weniger. Bei Lucio bedeutete es leider, dass eine solche Lebensform für ihn auf eine echte Gefahr für Leib und Leben hinauslief. Nach einem Fernsehauftritt, während dem die Moderatorin durch die Blume etwas in diese Richtung gesagt hatte, wurde er mehrmals bedroht und musste deswegen Bodyguards engagieren.

Nach einigen Nachforschungen fand sein Manager heraus, dass niemand weniger als die Cosa Nostra, die sizilianische Mafia, dahintersteckte. In einem anonymen Schreiben stand schwarz auf weiß:

Entweder du zahlst monatlich die von uns bestimmte Summe, stehst dann unter unserem Schutz, oder dein Leben ist keinen Pfifferling mehr wert. Wir kennen dein perverses Privatleben. Solltest du dich gegen uns entscheiden, wisse, dass wir dich immer und überall finden werden!

Wen wundert es, dass Lucio ständig in Angst lebte, denn er hatte sich aus Überzeugung gegen ein Schutzgeld entschieden.

Die Beziehung zu Luca litt immer mehr unter dieser Situation, deshalb war das Treffen in Neapel ein zweischneidiges Schwert und richtungsweisend. Wie viel bedeutete den beiden ihre Romanze? Wie stark waren ihre gegenseitigen Gefühle? Wollten sie sich weiterhin nur im Geheimen treffen oder endlich als Paar auftreten? Fragen über Fragen, die sich wie ein Nebel über die erste Wiedersehensfreude legte.

Zum Glück wussten sie zu diesem Zeitpunkt nicht, dass sich am Hotelempfang ein Spitzel der Cosa Nostra eingeschleust und schon bald von dem Liebesnest Kenntnis hatte. Das Fünfsternehotel wurde allmählich zum goldenen Käfig. Gab es da eventuell einen Notausgang?

Den gab es tatsächlich, aber vor allem wurde der Spitzel selbst bespitzelt. Der rechten Hand des Hoteldirektors, einem guten Freund des Paares, war sofort aufgefallen, dass Antonio aus Palermo ständig die Anmeldungen der ankommenden Hotelgäste kontrollierte und sich sogar Notizen machte. Auf frischer Tat ertappt, gab dieser kleinlaut zu, dass er im Auftrag einer ziemlich gefährlichen Persönlichkeit herausfinden musste, ob und wann sich der Sänger im Hotel aufhalten würde. Innert Minuten fuhren die Carabinieri beim Hinterausgang vor, legten dem falschen Empfangsangestellten Handschellen an und verschwanden so schnell, wie sie gekommen waren.

Von alldem hatten die beiden Verliebten in der Suite im 5. Stock nichts mitbekommen und erfuhren erst davon, als ihr Freund persönlich eine Flasche Champagner aufs Zimmer brachte und grünes Licht für einen unbeschwerten Aufenthalt gab. Nun ja, vorerst konnten sie freier durchatmen, aber die Gefahr war trotz allem nicht gebannt. Deshalb beschlossen sie, dass sie als Heteropaar nach draußen gehen würden, denn Luca hatte eine eher feminine Gestalt und sein Gesicht hätte viele Frauen vor Neid erblassen lassen.

Nach der Verwandlung in eine bildhübsche Dame verließen die beiden Turteltauben das Hotel und mischten sich im Zentrum von Neapel unter die vielen Touristen, von denen kein einziger eine Ahnung hatte, wer dieses ziemlich ungleiche Paar sein könnte. Zielstrebig begaben sich Lucio und Lucia in den erstbesten Laden, der die roten Corni, die Glückshörner gegen den bösen Blick, verkaufte und beide entschieden sich für ein relativ großes Glückshorn. Corno hin oder her, die drei Bodyguards blieben ständig in ihrer Nähe, man konnte ja nie wissen.

Dieser Ausflug ganz inkognito war wie Balsam für die Seele der beiden. Glückselig statteten sie noch einer Kirche einen Besuch ab, zündeten eine Kerze an und baten um den Schutz von oben. So verbrachten sie noch zwei weitere unvergessliche Tage in der Stadt am Vesuv. Dann mussten sie sich schweren Herzens trennen und so heimlich, wie sie die Suite im 5.

Stock bewohnt hatten, so unbemerkt verließen sie als Einzelpersonen das Hotel durch das Parking im Untergeschoss. Sie mussten eine ganze Armee von Schutzengel gehabt haben, denn als die Reinigungskraft die Räumlichkeiten sauber machen wollte, hing ein gut leserlicher Zettel an der Zimmertür: *Denke daran, wir finden dich immer und überall!*

Jeannine Di Marco, *71 Jahre alt. Seit sie Zeit dafür hat, kann sie ihrer Fantasie freien Lauf lassen. Hobbys: Lesen, Schreiben, Musik, Tiere, Natur, gute Freundschaften, Familie*

Italienische Geschäfte

„Ciao Bella", brummelte Signor Rossi.

„Ciao Tommaso", grüßte Lucia fröhlich winkend zurück.

Signor Rossi ließ sich von der Heiterkeit seiner Nachbarin nicht anstecken. Er versank in seine Gedanken und ging zu seiner Alfa Romeo Giulia Quadrifoglio. Heute hatte er keinen Blick für die Schönheit und Eleganz seiner Limousine. Auch das atemberaubende Panorama mit dem tiefblauen Lago fand keine Beachtung. Vielmehr grübelte er darüber nach, wie er der alten Signora Coppola noch mehr Geld aus der Tasche ziehen konnte. Er musste die Geschäfte ankurbeln. Die Signora hatte in sein Windkraft-Projekt mit einer halben Millionen Euro investiert. Laut Vertrag stünde die Rückzahlung des Geldes längst an, genauso wie bei seinen anderen Investoren. Er hatte sie alle vertrösten können. Doch neuerdings bekam er unentwegt Anrufe, ja, fast schon Drohungen von dem jungen Signor Scarpa. Er hatte ebenfalls investiert – mit lächerlichen zwanzigtausend Euro. Er verstand gar nicht, warum er so viel Aufhebens machte. Schließlich bekam er regelmäßig Zinsen ausgezahlt. Wo gab es das heutzutage noch? Gut, er hätte ihm vor einem Jahr die Investitionssumme zurückzahlen müssen. Aber das ging gerade nicht …

Der satte Sound seiner Giulia beruhigte Tommaso Rossis Nerven. Er umfasste das Alcantara-Lenkrad. Der Weg zu Signora Coppola dauerte eine Stunde. Genug Zeit, um während der Fahrt noch einmal über seine Strategie nachzudenken. Er war sich sicher, dass er Erfolg haben würde. Er musste Erfolg haben, sonst ging alles den Bach herunter. Aber genau in solchen Situationen lief er zur Hochform auf. Und die Autofahrt in seiner geliebten Giulia half ihm dabei. Mal richtig das Gas durchtreten und den Geschwindigkeitsrausch spüren. Er hatte einen eleganten Sommeranzug aus feinstem Leinen angezogen und ein weißes, maßgeschneidertes Oberhemd. Seine Füße steckten in eleganten Mokassins. Die tiefschwarzen Haare waren gegelt und er duftete nach Armanis Aqua di Gio. Signora Coppola würde seinem Charme erliegen. Was sonst!

Rossi wählte die Autostrada, dann noch ein paar Meter durch die engen

Gassen am Lago und schon stand er vor dem Haus der Signora. Eigentlich war es eher ein Palazzo. Die hohen Mauern verströmten etwas Kühle an diesem heißen Nachmittag. Drinnen lief bestimmt die Klimaanlage. Irgendwann konnten auch die dicken Mauern des Palazzos die warme Luft nicht mehr aufhalten. Er drückte auf die Klingel. Die Überwachungskamera surrte und musterte sein Gesicht.

„Pronto", meldete sich das Hausmädchen an der Sprechanlage.

„Signora Coppola erwartet mich. Lassen Sie mich herein", kommandierte Signor Rossi. Die Autofahrt hatte seinen Testosteronspiegel steigen lassen. Er war in bester Stimmung.

„Buon giorno, Signora Coppola. Es ist eine Freude, Sie zu sehen. Wie elegant Sie heute wieder gekleidet sind. Und das Azurblau Ihrer Augen, wie ein Blick in den Lago." Signor Rossi deutete einen Handkuss an und setzte sich mit seiner Klientin in die gemütlichen Wohnzimmersessel. Er war ein willkommener Gast, denn er verwaltete das Konto der Signora. Auf dem Tisch warteten Café, kalte Getränke und verschiedene Snacks. Der Café würde wieder fürchterlich dünn sein, aber er akzeptierte bei seinen Kunden fast alles.

Signora Coppola genoss die complimenti. Ihr Mann war früh verstorben und so sehnte sie sich nach ein bisschen männlicher Aufmerksamkeit. „Ich habe einen Stapel Post von der Bank erhalten, aber ich verstehe vieles nicht. Ist auf meinem Konto alles in Ordnung? Sie wissen doch, die vielen Zahlen sind so verwirrend für mich. Wie stehen meine Anlagen? Muss etwas verkauft werden? Die Nachrichten in der Zeitung sind immer so beängstigend."

Signor Rossi hatte schnell verstanden. Seiner betagten Klientin ging es gar nicht um die halbe Millionen Euro. Die hatte sie längst vergessen. So blätterte er mit Signora Coppola alle investimenti durch, machte ein wichtiges Gesicht, empfahl das eine oder andere zu verkaufen und das Geld zuerst einmal einfach auf dem Konto zu parken. Ansonsten würde alles prächtig da stehen und sie bräuchte sich keine Sorgen zu machen.

„Ach, was würde ich nur ohne Sie machen, Signor Rossi", seufzte die Signora erleichtert. „Nehmen Sie doch noch etwas von dem Café."

Jetzt wagte Signor Rossi seinen Vorstoß. Er berichtete von diversen Investitionsprojekten in colori più belli. Besonders große Möglichkeiten gäbe es durch das Fracking-Verfahren zur Gewinnung der immer knapper werdenden Erdöl- und Erdgasvorkommen. „In den USA hat sich ein richtiger Frackingboom entwickelt und ich bin Teilhaber einer vor Ort ansässigen Fast-Food-Kette. Noch immer ist Erdöl ein Magnet für die Menschheit. Jeder will dort sein Geld machen und wo viele Menschen sind, wird auch viel gegessen. Mit ein bisschen Glück kann ich Sie als Teilhaberin dort einschleusen. Ich habe gute Kontakte nach Übersee."

Signora Coppola war tief beeindruckt von dem Verstand ihres Geldberaters. Sie hatte zwar nicht alles begriffen, worüber er berichtet hatte, aber das war auch nicht nötig. Sie wusste, dass sie bei ihm in besten Händen war.

„Signora Coppola, investieren Sie in das Fast-Food-Projekt." Tommaso Rossi hob betend seine Hände.

„Si, si, si, si, das mache ich sofort. Was raten Sie mir? Mit wie viel Euro oder besser Dollar soll ich einsteigen?"

Dass die Geschäfte in Übersee überhaupt nicht liefen, wie gewünscht, davon berichtete Signor Rossi nicht eine Silbe. Der Frackingboom war längst vorüber und sein ganzes Geld verloren. Und gerade jetzt kamen die ständigen Anrufe seiner anderen Kunden, die bei ihm angelegt hatten und ihre Investitionssumme mit Zinsen zurückhaben wollten. Besonders dieser Scarpa wurde immer aufdringlicher.

„Ich habe mir gedacht, dass Sie kolossales Interesse haben." Tommaso Rossi fischte aus seiner Aktentaschen einen vorbereiteten Überweisungsträger heraus, auf dem die Signora nur noch unterschreiben musste. Da er Vollmacht über das Konto seiner Kundin hatte, war die Sache ein Kinderspiel. Vor Erleichterung griff er nun bei den staubigen Biscotti zu und spülte sie mit einem Aperitivo herunter. Schon wollte er ausholen, um noch über weitere Projekte zu referieren, da merkte er, dass die Signora sich in ihrem divano zurückgelehnt und die Augen geschlossen hatte. Er hörte ein leises Schnarchen. Signor Rossi schlich sich davon.

Dieser Scheck würde ausreichen. Signora Coppola tat die eine Millionen Euro nicht weh. Sie würde es gar nicht merken. Bestens gelaunt steuerte er ein kleines Ristorante direkt am Lago an und aß seine geliebten Spaghetti al sugo. Es war schon fast dunkel, als er die Steintreppe zu seiner Haustür leichtfüßig nach oben tänzelte. Sollte er noch einen Abstecher zu Lucia wagen? Seine Frau wusste nichts von der kleinen Affäre und schlief bestimmt längst. Die Zikaden säuselten glühende Worte in seine Ohren und in der Luft lag der betörende Duft von Jasmin. Aber irgendeine ungewohnte Beimischung irritierte ihn. Noch ehe er genau darüber nachdenken konnte, stand die Antwort vor ihm. Signor Scarpa stellte sich ihm in den Weg.

„Signor Rossi, Sie geben mir auf der Stelle mein Geld zurück. Sonst rufe ich die Polizei." Schon tippte der junge Mann auf seinem Handy herum.

„Porca miseria", herrschte Tommaso Rossi ihn wütend an. „Was ist denn mit Ihnen los? Kommen Sie nächste Woche vorbei, dann gebe ich Ihnen alles in bar. Und jetzt verschwinden Sie auf der Stelle." Rossi schnaufte vernehmlich und war rot angelaufen. Luigi Scarpa war von seiner eigenen Kühnheit so erschrocken, dass er sich entschuldigte und hastig davon flüchtete. Vielleicht hätte er ein bisschen freundlicher sein müssen. Diesen Ton hatte er von Rossi noch nie gehört.

Eine Woche später stand er aufgeregt vor der Haustür von Rossi und klingelte. Erst jetzt kamen ihm Zweifel. War er zu leichtgläubig gewesen? Margareta Rossi öffnete.

„Gott sei Dank", schoss es Scarpa durch den Kopf.

Doch dann erklärte Signora Rossi, dass ihr Mann auf Reisen sei. Von einer Geldübergabe wisse sie nichts. Scarpa schnürte die Nachricht die Kehle zu und er fing an zu schwitzen. Der Boden wankte. Er rief Signor Rossi auf seinem Handy an, schrieb eine Nachricht. Nichts. Das Gleiche wiederholte er Tag für Tag. Signor Rossi blieb verschwunden, Lucia ebenfalls und mit ihnen viele Millionen Euro.

Ariane Gilgenberg *ist in Köln geboren und lebt in der Nähe von Mainz. Sie hat für den Verlag viele Kurzgeschichten und Bücher geschrieben, ist Lesepatin in der Grundschule und schreibt journalistische Beiträge für den Pferdesport.*

Trophäen

Für die Liebe meines Lebens hatte er in schönster Schrift auf die Karte gemalt. Antonio hatte sich bemüht. Mein Eheleben lang war ich stolz auf meinen feurigen Italiener gewesen, hatte ihn vorgeführt. Wie eine Trophäe. Er dagegen hatte mein Vertrauen missbraucht. Mich hintergangen. Unsere Reise hätte traumhaft werden können. So aber nahm das Abenteuer eine ungeplante Wendung.

Immer schon hatte ich die Cinque Terre besuchen wollen. Wie sehr hatte ich mich auf die farbenfroh bemalten, an den Hängen klebenden Häuser gefreut. Auf die Weinberge, die terrassenförmig über den schroff abfallenden Küsten angelegt worden waren. Auf Wein, gutes Essen und Wanderungen von einem Dorf zum nächsten. Riomaggiore. Manarola. Corniglia. Vernazza. Monterosso al Mare. Immer das Meer an der Seite. Sogar eine Unterkunft hatte ich bereits gebucht.

Kurz vor Abflug hatte mich Antonio gebeten, das Hotel zu stornieren. Er hätte eine bessere Idee. „Wir haben eine Ewigkeit gespart", verkündete er großspurig, „wir wollen uns eine Besonderheit gönnen."

Alle meine Körperhaare standen bei dieser Androhung aufrecht. Zu spät. Ein kleines Häuschen war es geworden. Sündteuer. In Monterosso al Mare. Renovierungsbedürftig, jedoch bewohnbar.

„Keine Sorge, meine Liebe", hatte er gesäuselt und meinen Rücken gekrault, als wäre ich ein Hund, während er mir den Kaufvertrag stolz präsentierte. Unser Erspartes war in ein eingeschoßiges Fünfzigquadratmeterhaus gesteckt worden. Ich solle bitte dringend mein Italienisch auffrischen. Künftig würden wir einen Großteil unserer Freizeit hier verbringen. Um mir keine Gelegenheit zur Intervention zu geben, hatte er sich wie Casanova verhalten, meinen Körper mit Streicheleinheiten verwöhnt und sich an mir befriedigt, während ich Italienisches von mir geben musste, weil ihn mein schludriges Italienisch anmachte. Also hatte ich Rotwein bestellt – una bottiglia di vino rosso –, Nudeln und Mineralwasser – pasta aglio olio per due, ed una bottiglia d'acqua minerale per favore – und Zeilen aus dem Gefangenenchor von Nabucco gestöhnt: „Va, pensiero, sull'ali dorate. Va, ti posa sui clivi, sui colli." Kaum war ich in Fahrt, war alles vorüber. Ich will nicht bitter klingen, aber ist es nicht eigenartig, wenn man seinem Partner während des Geschlechtsverkehrs Rotwein bestellt, anstatt ihm andere Schweinereien ins Ohr zu hecheln?

Die Besichtigung unserer Casa piccola warf mich aus der Bahn. Ich gebe zu, ich hatte mich nicht mehr unter Kontrolle. Kaum, dass wir den ersten Urlaubstag miteinander verbrachten, lag er vor mir am Boden und atmete stoßweise. Er keuchte, rang nach Luft, spuckte Blut und schloss schließlich die Augen. Eigentlich schloss er nur ein Auge, was mir ein Kichern abrang, das seltsam fremd, beinahe pervers klang. Nie wieder würde Antonio Entscheidungen treffen, die mich ausschlossen.

Ich verstehe natürlich, dass Sie wissen wollen, was Ursache für Antonios Ableben war. Jeder hat ein Hobby. Allerdings war das Hobby meines Mannes wirklich schräg. Manche Eigenheiten sollten besser geheim bleiben, fand ich zu seinen Lebzeiten. Jetzt jedoch war mir seine ungewöhnliche Leidenschaft zum Vorteil geworden. Nicht, dass mein Mann Jäger gewesen wäre, aber aus irgendeinem Grund hatten es ihm skurrile Trophäen angetan. Nach einem Besuch der Bad Ischler Kaiservilla erwachte seine Leidenschaft für Geweihe. Er wollte es dem toten Kaiser Franz Joseph I gleichtun. Er kaufte Überreste ermordeter Tiere auf, anstelle sie wie ein Verrückter abzuknallen. Sein Trophäen-Fetischismus war längst zur Unkultur geworden, in Wahn abgeglitten. Ein Raum unserer Mietwohnung war besonderer Verwendung zugeführt worden. Antonio hatte die Wände in verschiedenen Grüntönen gestrichen. Moosgrün. Flaschengrün. Smaragdgrün. Grasgrün. Maigrün. Die Grüntöne waren allesamt hübsch, drückten das kleine Zimmer allerdings nur noch mehr.

Und dann? Von den Fußleisten bis unter die Decke wurde sein Jagdzimmer mit Geweihen ausstaffiert. Präparierte Schädel verursachten mir Albträume. Vierzehn-Ender. Spießer. Perückenböcke. Abwurfstangen. Rehböcke, deren Geweihe aufgrund von Verletzungen zum Verlust eines Geweihsprosses führten, die dadurch zu Einhörnern wurden. Davon besaß er mehrere, die er hegte und hätschelte. Auch ich kam dem Ritual des Hätschelns nicht aus, denn Viehzeugs und Geweihe forderten Zuwendung. Abgestaubt mussten sie werden. Ekelhaft!

Für die Liebe meines Lebens hatte er in schönster Schrift auf die Karte gemalt. Ich blickte zu meinem Mann hin, der sich still und friedlich verhielt, und fächelte mir mit der Liebeserklärung Luft zu, bevor ich den Notruf wählte, schwer atmete, als hätte ich gerade den Sex meines Lebens gehabt, und jammerte, als wäre mein Partner unter mir gestorben. Der Mann am anderen Ende durfte sich mein grauenhaftes Jaulen anhören, und verstand sicherlich meinen Ruf nach Hilfe: „Ajuto!"

Mehr als diesen hysterischen Erguss brauchte es nicht. Anstelle meines Namens krächzte ich: „Via Padre Semeria", und unterbrach das Gespräch mit einem schrillen Schrei. Der sollte die Einsatzkräfte auf jeden Fall in Schwung bringen. Sie würde mich aufgelöst, verweint und nahezu hysterisch in Empfang nehmen.

Behutsam setzte ich einen Fuß vor den anderen, schob mich zwischen den herumliegenden Geweihen der toten Tiere durch, die Antonio tatsächlich von Österreich her in unser Domizil in der Cinque Terre verfrachtet hatte. Pervers, nicht wahr!

Können Sie sich meine Überraschung vorstellen, als die etwa zweihundert verschiedenen Trophäen plötzlich aus der Wohnung verschwunden waren? Freiheit und Leichtigkeit überkamen mich. Niemals hätte ich das Unerwartete erwartet. Das klitzekleine Wohnzimmer unserer Casa sollte zum Jagdzimmer mutieren. Da lagen sie nun herum, auf dem Boden verteilt, um an die Wände verfrachtet zu werden, mit meiner Unterstützung.

Dass er dabei von der Klappleiter fiel, unglücklicherweise auf eines der Geweihteile, die überwiegend spitzer waren, als es Antonio in den Jahren unserer Ehe jemals gewesen war, hielt ich für eine herrliche Anekdote. Eine, die ich leider niemandem erzählen kann. Genauso wenig wie den Zufall des zielgerichteten Stoßes, den ich Antonio im geeigneten Augenblick verpasst hatte. Mit dem Ellenbogen, um mich, falls er überlebt hätte, aus der wirklich blöden Situation herauszureden.

Sein Sturz war also spontan gekommen. Vor allem für Antonio. Für die Liebe meines Lebens. Schön sah Antonio nicht aus. Der scharfe Spieß des Rehbock-Einhorns in seinem Auge entstellte ihn. Er hatte es noch geschafft, sich vom Bauch auf den Rücken zu drehen, mich mit erschrockenem Blick aus seinem heilen Auge fixiert, bevor er verendete, ähm, verstarb. Einen Gefallen hatte ich ihm noch getan, ihm seine jüngst erstandene Trophäe hingehalten. Einen herrlichen Perückenbock, dessen gläserne Augen fast zur Gänze vom Bast des Perückengeweihs überwuchert waren. Sollte er doch zumindest während seiner letzten Sekunden noch Schönes sehen.

Mein zufriedenes Seufzen, als ich den Perückenbock, dessen Bast beinahe so weich wie Samt war, auf den Boden zu den anderen Trophäen legte, wurde begleitet vom Signalhorn eines Einsatzwagens. Dem Klang nach die Rettung. Zu spät!

Astrid Miglar schreibt schon ewig. Früher vor allem Liebesbriefe, die überwiegend verschmäht wurden. Seit einigen Jahren rächt sie sich mit Ironie und verfasst bevorzugt Kriminelles oder arbeitet liebend gern im Garten, auch dort lassen sich Löcher für Zeitgenossen graben, die tiefergelegt werden müssen. Seit 2019 ist sie Mitglied von textQuartett Steyr, einem literarischen Zirkel.

Luigis Geheimnis

Mit dem Zug nach Neapel zu reisen, erscheint mir als eine kuriose Idee. Wenn man aber unter Flugangst leidet, so wie ich, dann ist es wohl die einzige Möglichkeit, in den Süden zu gelangen.

Der Grund, nach Italien zu fahren, besteht darin, dass ich eine heikle Fracht nach Neapel bringen muss. Der Vater meines Mannes ist gebürtiger Neapolitaner. Ich habe ihn einmal bei der Hochzeit mit Luigi getroffen. Er hatte es sich nicht nehmen lassen, dabei zu sein, wenn sein einziger Sohn heiratet. Und weil Luigi, aus welchen Gründen auch immer, mich nicht in seiner Heimat ehelichen wollte – ich hätte mich damals sehr gefreut über ein paar Tage im sonnigen Süden – fand unsere Vermählung seinerzeit in Wien statt.

Luigi hat nur ein Hobby. Er fährt Motorrad, oft für drei oder vier Tage, manchmal auch für eine Woche quer durch Europa. Solange es seine Arbeit erlaubt, ist er unterwegs.

Vor ein paar Wochen ist er allerdings nach einem tragischen Unfall gestorben. Als er mit dem Motorrad zu einem Kunden fahren wollte, überschlug er sich. Er war sofort tot. Die Behörden ermittelten, weil ihnen der Name Luigi Modena bekannt vorkam. Tatsächlich fanden sie nichts, außer, dass der Hinterreifen des Motorrades, mit dem mein Mann verunglückte, manipuliert war.

Als ich meinen Schwiegervater in gebrochenem Italienisch verständigte, befahl er, mit Luigis Urne umgehend zu kommen. Er war sicher, dass hinter dem Anschlag die Mafia steckte.

Ich kann es mir zwar nicht vorstellen, denn was wollte die Mafia von meinem Mann? Luigi war ein viel begehrter Installateur und Heizungsmechaniker, schweißte defekte Rohre und versorgte die Menschen mit Wasser und Wärme.

Ich beschließe daher, mir ein Schlafwagenticket zu besorgen, um nicht vom stundenlangen Sitzen Hühneraugen auf den Popo zu bekommen. Drei Tage vor der Abfahrt rufe ich wieder meinen Schwiegervater am Handy an und teile ihm Abfahrt und Ankunft mit. Er verspricht, mich am Bahnhof abzuholen. „Pass gut auf dich auf!", murmelt er in schlechtem Deutsch.

„Lieb, von ihm, aber was soll bei einer Bahnfahrt schiefgehen?", denke ich und treffe die letzten Vorbereitungen für die 15-stündige Fahrt.

Es ist bereits dunkel, als ich am Wiener Hauptbahnhof eintreffe. Der Wagenstandsanzeiger führt mich auf Gleis neun zum richtigen Waggon mit den Schlafkabinen. Ich betrete das Abteil. Auf meinem Ticket steht, dass ich das Bett links vom Eingang im Obergeschoss benutzen kann. Kaum zu glauben, aber da liegt schon jemand. Ich kann den warmen Körper nur ertasten, denn das Licht im Abteil funktioniert nicht. Auch vom rechten Oberbett höre ich leises Röcheln.

„Das kann ja heiter werden!", denke ich und versuche nun, mit mehr Kraft, die Person, die in meinem Bett ruht, zu wecken.

„Che cosa?", fragt eine männliche Stimme.

„Das ist mein Bett!", erkläre ich so laut, dass auch die zweite Person hüstelt. Ich kann nur die Umrisse erkennen, während sich der Mann aufsetzt. Kommentarlos steigt er über die schmale Leiter herunter.

„Prego!", sagt er und unterhält sich dann mit seinem Kumpel.

Als ich versuche, meine Tasche mit der Urne über die Leiter zu hieven, spüre ich, wie mich einer der Männer am Popo hinaufschiebt. Entsetzt verschlägt es mir die Sprache.

„Wird heiße Nacht!", knurrt er und streicht nun über meine Beine, die Gott sei Dank in einer warmen Stoffhose stecken.

Intuitiv versuche ich, mich umzudrehen und ihm ins Gesicht zu schlagen, aber bei der Finsternis im Abteil treffe ich natürlich nicht. Die Männer lachen laut und vulgär. Ich sollte den Schaffner verständigen, aber wie? Noch einmal vom Oberbett nach unten zu steigen, getraue ich mich nicht. Ich sitze daher starr auf dem Bett und halte meine Reisetasche fest umklammert. Langsam setzt sich der Zug in Bewegung. Wie werde ich die Fahrt überstehen?

Eine Weile ist es still. Niederlegen getraue ich mich nicht wirklich.

„Du Luigis österreichische Frau?", fragt nach geraumer Zeit einer der Männer.

Ich bin einer Ohnmacht nahe. „Si", stottere ich. „… aber!", und frage ich mit zitternder Stimme: „Wieso …?"

Einer der Männer verlässt das Abteil. Weil im Gang Licht brennt, kann ich erkennen, dass er sich vor der Abteiltüre positioniert und nun mit dem Schaffner spricht. Der nickt und lächelt freundlich, wendet sich dem nächsten Abteil zu und kommt gar nicht herein.

Ich glaube es nicht. Was zur Hölle ist hier los? Wäre ich der italienischen Sprache mächtig, könnte ich ja fragen. So muss ich hoffen, dass die Männer mein Deutsch verstehen. „Was wollen Sie?", frage ich jetzt forsch.

Keine Antwort. Nun verlässt auch der zweite Mann das Abteil. Ich bin allein. Ich krame mein Handy aus der Reisetasche, habe aber keinen Empfang. Die Müdigkeit übermannt mich und ich schlafe in sehr ungesunder Stellung, im Schneidersitz mit überkreuzten Beinen, im Oberbett ein.

Als ich erwache, ist es taghell. Ich muss lange geschlafen haben. Meine Mitinsassen sind nicht im Abteil. Ein Blick auf die Armbanduhr verrät mir, dass wir noch ungefähr zwei Fahrtstunden von Neapel entfernt sind. Die Abteiltür wird schwungvoll aufgerissen und die beiden Bösewichte treten ein. Ich versuche, mich schlafend zu stellen.

„Rosa muss unbedingt die Urne bekommen", höre ich, wie einer zum anderen Mann sagt. „Wir müssen sie ihr jetzt abnehmen, ehe wir in Neapel sind und der alte Modena sie in die Hände kriegt!"

Mir drohte das Blut in den Adern zu gefrieren. Es geht unmissverständlich um die Urne mit Luigis Asche.

„Es ist das Einzige, das Rosa von ihrem Mann dann besitzen wird!", stellt einer der Männer klar.

Ich glaube, ich höre schlecht. Rosa? Ihr Mann? Nein, mein Mann!

„Rosa hat ihn geliebt und ich hoffe, sie kommt über den tragischen Unfall eines Tages hinweg!"

Jetzt platzt mir doch gleich der Kragen. „Luigi war *mein* Mann!", brülle ich von oben herab und die beiden Männer heben verdutzt den Kopf in meine Richtung.

„Du nur Zweitfrau!", ruft einer zornig.

Jetzt brennt bei mir die Sicherung durch. Ich greife in meine Tasche und entnehme ihr den Samtbeutel mit der Urne.

„Rosa war Luigis große Liebe!", rechtfertigt sich der andere. „So oft er konnte, hat er sie besucht, in Neapel mit seinem Motorrad!"

Mir rauschen die Ohren. Ich bin verblüfft. Luigi soll, während er seine Ausfahrten mit dem Motorrad gemacht hat, nach Neapel gefahren sein? Das wäre mir doch aufgefallen? Oder?

„Gib Urne her!", pflanzt sich der größere der beiden Männer vor mir auf.

„No!", schreie ich und klopfe ihm auf die Hand, mit der er nach meiner Tasche greifen will. Plötzlich zieht er eine Waffe aus dem Hosenbund und fuchtelt mir damit vor der Nase herum. In meiner Rage schleudere ich die Urne gegen seinen Kopf. Er geht taumelnd zu Boden. „Wage es nicht!", rufe ich dem zweiten zu. Nichtsdestotrotz nähert er sich mir und versucht es ebenfalls. Wenn man auf dem Oberbett sitzt, so wie ich, kann man leicht nach unten werfen. Wieder schwinge ich die Urne hoch in die Luft und lasse sie auf seinen Schädel niederkrachen.

„Krachen? Moment, was war das gerade?", frage ich mich entsetzt. Ich öffne vorsichtig den schwarzen Samtbeutel und entdecke, dass das teure Porzellan – Luigi war immer vernarrt in unser Augarten-Service, daher habe ich die Urne aus diesem Haus anfertigen lassen! – in mehreren Teilen in Luigis Asche verteilt ist.

In Neapel holt mein Schwiegervater mich ab. Er wird mir so einige Dinge erklären müssen. Wusste er von Rosa? Wollte Luigi deswegen nur in Wien heiraten? Hat Luigi ihn besucht, wenn er bei Rosa war? Fragen über Fragen! Und wer waren die Männer im Zug?

***Hannelore Futschek** geboren 1951 in Wien, verheiratet, Mutter von zwei Kindern, lebt mit ihrem Mann und Hündin Chila teils im Weinviertel, teils im Salzkammergut. Sie schreibt Kurzgeschichten, Romane und Krimis. Mehrere Geschichten sind in Anthologien veröffentlicht worden.*

Kunst verführt

Francesca Arnelli drängte sich an einer Gruppe ungeduldiger Touristen vorbei. „Wenn die wüssten", dachte Francesca bei sich. Die Uffizien würden noch den ganzen Tag geschlossen bleiben und vielen Touristen blieben nur wenige Stunden, um Florenz zu besichtigen. Ihr Mitleid hielt sich in Grenzen. Sie betrat die Rezeption am Hintereingang.

„Buon giorno, Signora Arnelli!"

„Buon giorno, Bruno. Ihr Bericht bitte!"

„Bei der Leiche handelt es sich um die 56-jährige Maria Brambilla, Chef-Archivarin der Uffizien seit 2009."

„Todesursache?"

„Heftiger Schlag auf den Hinterkopf."

„Irgendwelche Verdächtigen?"

„Nein, Signora."

„Irgendwelche Spuren?"

„Nein, Signora, aber der Herr, der das Opfer gefunden hat, ist vernehmungsfähig."

„Ein Verdächtiger?"

„Eher unwahrscheinlich. Ein Museumswärter, der auf seiner ersten Runde auf die Leiche gestoßen ist." Dr. Ricci drängte sich mit einem kurz angebundenen: „Buon giorno!", an dem Ermittlerpaar vorbei.

„Doctore", begrüßten sie den kauzigen Gerichtsmediziner im Chor.

„Bruno, Sie kümmern sich bitte um den Tatort und ich werde mich mal mit diesem Museumswärter unterhalten."

Selbst hier im Untergeschoss des Museums hingen prächtige Gemälde an den Wänden. Ihre hochhackigen Schuhe klackerten über dem kunstvoll verlegten Steinboden.

„Commissaria Arnelli!" Ein junger Polizist öffnete ihr die Tür zum Meetingraum.

„Grazie." Sie trat ein und der Mann am anderen Ende des Tisches stand sofort auf, er reichte Francesca nervös die Hand. Nur die Fingerkuppen lugten aus den Ärmeln seiner übergroßen Uniform hervor. „Massimo? Massimo Ferrara?"

Vor Schreck zog er seine Hand zurück. Das Jackett hing über seine Schultern, verdeckte fast vollständig seine Hände, aber saß perfekt über dem dicken Bauch, wo es ein silberner Knopf zusammenhielt. Verdutzt blickte er sie an. „Ich bin es! Francesca Arnelli!"

Sie tauschten die üblichen Floskeln aus, aber viel gab es bei Massimo nicht zu erzählen und so gingen sie schnell zum Wesentlichen über.

„Du arbeitest also hier im Museum?"

Massimo erzählte ihr voller Stolz, dass er bereits seit 25 Jahren in den Uffizien arbeitete. Francesca zog die Augenbrauen hoch und machte dabei eine Notiz. Dann musste Massimo kurz nach Abschluss der Schule hier angefangen haben.

„Massimo, ich muss dich das jetzt fragen."

Seine Schultern sackten zusammen, aber er nickte verständnisvoll.

„Das ist reine Routine!", versicherte sie ihm. Sie wartete noch einen Augenblick, genoss die Schüchternheit ihres Gegenübers und blätterte dabei in ihrem Notizbuch. Verlegen spielte er mit seinen Händen und dabei dachte Francesca an Andrea, ihren Ex-Mann. Der hätte sich breitbeinig hingesetzt und erst mal von einem Anwalt gefaselt. Francesca spürte eine leichte Aggression in sich aufsteigen und drückte mit dem Kugelschreiber unnötig stark auf, als sie Massimos ganzen Namen unter den des Opfers schrieb.

„Danke, Massimo. Das wars fürs Erste." Francesca stand auf und Massimo tat es ihr gleich. Diesmal griff er mit beiden Händen nach den ihrigen. Er hielt sie beherzt und dankte ihr, blickte sie mit seinen mausgrauen Augen ergeben an.

Am nächsten Tag gingen ihr der innige Blick und die zarte Berührung durch Massimos Hände nicht aus dem Kopf. Sie tippte unmotiviert auf der Tastatur herum und eine SMS ihres Ex-Mannes erinnerte sie an den Gerichtstermin in wenigen Tagen. Wenigstens hatten sie keine Kinder, der Kampf um ihren geliebten Kater Filou war schon Nervenkrieg genug gewesen. Sie brauchte dringend eine Abwechslung.

„Bruno, ich fahr noch einmal ins Museum!", rief sie im Hinausgehen.

Wenig später fand sich Francesca mit Massimo Ferrara vor der Medusa von Michelangelo wieder. Ob eine enttäuschte Liebe Michelangelo als Inspiration für dieses Gemälde diente, hatte sie ihn gefragt. Massimo blickte sie unwissend an. „Ach, nicht so wichtig", winkte sie ab. Massimo sah ihr verständnisvoll in die Augen. Ihr wurde ganz warm ums Herz.

„Wäre es noch möglich, einen Blick auf Botticellis Venus zu werfen? So oft komme ich ja nicht hierher." Die kindliche Freude in ihren Augen ließ Massimo ein wahres Wunder verwirklichen. Er führte sie nicht nur direkt zum Gemälde, sondern täuschte eine Feuerübung vor, sodass sich die Heerschar von Touristen im Nu auflöste.

„Feuerübung." Francesca stupste ihn an. „Grandios!" Die beiden standen so eng zusammen, dass sie sich fast berührten. Schweigend blickten sie andächtig auf das Gemälde.

„Was ist hier los? Massimo? Eine Erklärung bitte!" Die beiden zuckten zusammen und als sie sich umdrehten, berührten sich kurz ihre Hände und sie blickten sich tief in die Augen. Sie kicherten wie kleine Kinder.

Am Abend lag Francesca auf ihrem roten Ledersofa und streichelte Filou. Eine Textnachricht ihres Ex-Mannes erinnerte sie daran, dass Andrea die Möbel bald abholen würde. Sie setzte den Kater auf die Sitzfläche und hoffte inständig, dass Filou sich mit seinen Krallen darin verewigen würde.

Am nächsten Tag war Bruno bereits fleißig am arbeiten, als Francesca das Büro betrat. „Haben wir schon etwas im Fall Brambelli?"

„Die Tatwaffe ist noch im Labor. Der Bericht von Dr. Ricci bestätigt bislang nur unseren Verdacht. Signora Brambelli hat wahrscheinlich nicht einmal mitbekommen, wie der Briefbeschwerer sie aus dem Leben beförderte."

Insgesamt war es ein ereignisloser Tag im Kommissariat und dann erhielt Francesca kurz vor Feierabend noch einen Anruf von Andreas Anwältin. Die Abholung der Möbel war jetzt amtlich.

„Mach' nicht mehr so lange, Bruno", seufzte sie.

„Danke, Signora, ich warte lediglich noch auf den Laborbericht!"

Francesca trat aus dem Präsidium. Gutgelaunte Touristen mit großen Kameras spazierten an ihr vorbei, Händchen haltende Paare blickten sich verliebt an und liebeshungrige Studenten knatterten mit ihren Rollern über das alte Kopfsteinpflaster. Florenz war ein Hafen der Gefühle, die Wiege der italienischen Kultur und wie gemacht für die Liebe.

Francesca ging gedankenverloren durch die Straßen, bis sie plötzlich auf der gegenüberliegenden Straße einen rundlichen, kleinen Mann bemerkte und stehen blieb. „Massimo!", rief sie, aber er hörte sie gar nicht. Sie folgte ihm, bis er hinter einer historischen Haustür eines Altbaus verschwand.

Sie sah nach oben. Wenig später ging im 3. Stock das Licht an und sie erkannte Massimos Silhouette am Fenster.

Sie setzte zum Weitergehen an, doch da fiel ihr Blick auf einen kleinen COOP. Sie fasste sich ein Herz und kaufte eine Flasche Rotwein. Noch bevor sie an Massimos Klingel drücken konnte, stürmte ein hektischer Pizzabote an ihr vorbei und öffnete ihr damit die Haustür. Bereits auf den Stufen nach oben klingelte plötzlich ihr Handy. Bruno! Nein, heute nicht mehr und sie stellte es auf lautlos. Angekommen im 3. Stock, klopfte Francesca an Massimos Türe.

„Massimo, ich dachte, wir könnten vielleicht bei einem Glas Wein über das Museum sprechen!"

Massimo machte keine Anstalten, sie hereinzubitten, nahm aber die Flasche Wein mit einem verlegenen Nicken entgegen. Sie fasste sich ein Herz und drängte sich an ihm vorbei ins Wohnzimmer.

„Ich dachte, ich komme einfach mal vorbei und wir können über das Leben in einem Museum reden. Ich finde es unglaublich verführerisch von so viel Kunst umgeben zu sein. Erst heute ist mir wieder bewusst geworden, wie schön Florenz …"

Francesca hielt inne und betrachtete wie in Zeitlupe die Gemälde an den hohen Wänden. Noch bevor sie nach ihrer Waffe greifen konnte, traf sie ein schwerer Gegenstand am Hinterkopf.

Ursula Wehrer *arbeitet als Deutschlehrerin in Australien und verarbeitet ihre Erlebnisse in Down Under in ihren Geschichten. Verheiratet mit einem Neuseeländer, gehören kulturelle Missverständnisse zum Alltag, die immer wieder für neue Inspirationen sorgen.*

Der Fluch der Genetik

Mario spürte seine rechte Gesichtshälfte nicht mehr. Sie war taub. Roberta hatte ihn diesmal mit einem einzigen Tritt niedergestreckt. Ungläubig tastete er an sein Ohr. In seinem Kopf pochte das Blut so stark, dass der Schrei seiner geliebten Schwester nur ganz schwach zu ihm durchdrang.

Es verging einige Zeit, bevor seine Lebensgeister zurückkehrten. Schwer geschlagen, raffte er sich auf. Die Schmerzen waren kaum auszuhalten. Er atmete schwer. Mit beiden Händen umfasste er seinen Kopf und drückte mit seinen Handflächen kräftig gegen das Pochen in seinem Schädel. Wann endeten diese höllischen Schmerzen endlich? Mit geschlossenen Augen löste er sich vom staubigen Boden und hielt erneut inne. Was war da wirklich geschehen?

In seinen Gedanken versuchte er, sich diesen Moment immer wieder vorzustellen. Alles ging so furchtbar schnell. Seine Falle schnappte wie vorgesehen zu und, bevor er sich vor Freude auf die Schenkel klopfen konnte, hatte ihn seine zehnjährige Schwester in den Staub geschickt. Er konnte es drehen und wenden, wie er wollte. Sie hatte ihn erstmalig besiegt. Alles geschah in einem Sekundenbruchteil und ehe er eine Abwehrreaktion zeigen konnte, hatte sie ihn bereits mit dem rechten Fuß am Kopf getroffen. Nun kniete er und sah sich mit schmerzverzerrtem Gesicht um. Sie war nirgends zu sehen.

Hier unten, nahe den Katakomben des Heiligen San Genaro, hatten sie sich schon seit frühen Kindheitstagen auf Entdeckungsreise begeben. Immer wieder hatte er sie mitgenommen und ihr auf seinen Touren oft einen ordentlichen Schrecken eingejagt. Man stolperte hier unten hinter jeder Ecke der weitverzweigten Unterwelt Neapels über Totenschädel und anderes unheimliches Zeugs. Bis zu 40 Meter stieg man in die Tiefe des unterirdischen Neapels, wo sich ein Labyrinth von circa 80 Kilometern aus gigantischen Höhlen und schmalen Gängen erstreckte.

Als älterer Bruder machte es ihm unheimlich viel Spaß, seine fünf Jahre jüngere Schwester mit auf seine Abenteuer zu nehmen. Anfangs hatte sie sich ängstlich gezeigt, doch mit der Zeit wurde sie immer tapferer und kaum noch etwas konnte sie erschrecken. Diesmal hatte er sich deshalb etwas Besonderes ausgedacht und sich auf dem Weg dorthin schon voller Vorfreude ihre Reaktion ausgemalt. Alles war gut vorbereitet. Diesmal wolle er ihr einen noch nicht erkundeten Tunnel zeigen. Ihre Taschenlampen leuchten die stockdunklen Gänge aus und als sie eine größere, von ihm zuvor mit spärlichem Licht ausgeleuchtete Höhle erreichten, aktivierte er mit einem Fingertipp auf sein Handy die versteckte Bluetooth-Box. Aus dem Gang, den sie gerade verlassen hatten, ertönte das wütende Brüllen eines herannahenden Löwen. Das war der Moment, in dem er sich mit einem Lächeln auf den Lippen zu seiner Schwester umdrehte. Aber anstatt in ihr ängstliches Antlitz zu blicken, sah er nur ihren rechten Fuß auf sich zuschießen.

Richter Marco Aventis Falten auf der Stirn waren unübersehbar, während der Staatsanwalt in seinem Abschlussplädoyer nochmals alle Anklagepunkte zusammenfasste. Auf der Anklagebank saß ein 45-jähriger, schlanker, gut gekleideter Mann. Dr. Andrea Posoli. Seine Körperhaltung drückte einen Protest aus, denn er fühlte sich allem Anschein nach nicht schuldig und schüttelte, für alle im Raum anwesenden Personen merklich, den Kopf. Der Staatsanwalt warf ihm vor, dass er bei Frauen – seit annähernd zwei Jahrzehnten – illegal genveränderte Eizellen einsetzte. Die zukünftigen Eltern köderte er mit einem Katalog von außergewöhnlichen Begabungen, aus denen die Kinder in ihrem Leben Vorteile ziehen würden. Höhere Intelligenz, schnellere Auffassungsgabe, erhöhte Leistungsfähigkeit durch schnelle und starke Kraftentwicklung, die weit über die Werte normaler Menschen hinausgingen. Unter dem Motto *Welche Eltern wollen nicht das Beste für ihr Kind?* begeisterte er seine potenzielle Zielgruppe, die allzu leicht die Risiken beiseiteschoben.

Geklagt hatte die Familie Tivoli. Eines ihrer beiden geliebten Kinder, Roberta, hatten sie vor 25 Jahren genetisch anpassen lassen. Nun war sie tot. Ihr heiß geliebter Bruder Mario fand sie leblos im Bett ihrer Zweizimmerwohnung. Die Obduktion hatte einen Herzinfarkt ergeben. Grund genug für Frau Tivoli Dr. Andrea Posoli die Schuld an ihrem Tod zu geben. Sie erinnerte sich, dass sie damals skeptisch gegenüber solch einem Eingriff in die Natur war, sich aber von ihrem Mann dazu hatte überreden lassen, das Risiko der Genveränderung an einem menschlichen Embryo einzugehen. Sie hatten lange mit sich gerungen, sich dann aber dafür entschieden, Roberta eine gesteigerte Muskelkraft einpflanzen zu lassen. Sie sollte sich im harten Alltag Neapels durchsetzen können und ihrem älteren Bruder in nichts nachstehen.

Zu Beginn waren sie positiv überrascht gewesen. Roberta konnte schon nach drei Monaten laufen und auch in den folgenden Jahren entwickelte sie eine Kraft, die der Gleichaltriger weit überlegen war. In der Schule gewann sie jeden Leichtathletik-Wettkampf. Besonders der Hochsprung lag ihr. Schon früh überquerte sie Höhen, die an die Leistungen von Erwachsenen herankam. Dem Wunderkind wuchs der Erfolg jedoch schnell über den Kopf. Zudem wurde die Muskulatur in häufigeren Abständen anfällig. Immer öfter musste sie pausieren, um ihre Verletzungen auszukurieren.

Aus dem Segen wurde ein Fluch. Der Erfolg und die Anerkennung blieben aus. Sie hatte alles auf ihre Sportkarriere gesetzt. Jetzt blieben ihr nur noch die Urkunden aus den frühen Jahren. In der Schule war sie plötzlich eine normale Schülerin und das nagte an ihrem Selbstbewusstsein. Der falsche Freundeskreis zog sie in die Abgründe Neapels. Sie geriet auf die schiefe Bahn, tröstete sich anfangs mit Alkohol, dann mit Drogen und schließlich geriet sie in die Fänge der Camorra.

Dr. Andrea Posoli wurde schließlich zu 20 Jahren Haft verurteilt und in das Gefängnis Poggioreale überstellt.

Einige Wochen später saß die Familie Tivoli bei Tisch in ihrer gemütlichen Wohnung im Stadtteil Quartieri Spagnoli. Sie feierten den Geburtstag ihrer verstorbenen Tochter mit einem Glas Taurasi-Wein und Saltimbocca alla Romana. Gedeckt war der Tisch für drei Personen, wobei ein Platz frei blieb. Vor dem Essen beteten sie den heiligen Gennaro, den Schutzheiligen von Neapel, an. Dabei leuchtete das Licht einer weißen, heiligen Kerze auf das eingerahmte Bild von Roberta. Sie waren gläubig und hofften darauf, dass Roberta durch ihren Glauben gerettet werden würde.

Nachdem sie das köstliche Mahl beendet hatten, wechselten sie ins Wohnzimmer und schalteten den Fernseher an. Die Medien berichteten vom Tod Dr. Andrea Posolis. Er war morgens tot in seiner Zelle vorgefunden worden. Man vermutete, dass er infolge eines Trittes gegen den Kopf verstorben sei.

Familie Tivoli war bereits auf der Couch eingeschlafen, als Mario leise die Haustür öffnete. Geschwind entledigte er sich seiner Wärterkleidung. Dann verschwand er im Bad und säuberte seinen rechten, blutverschmierten Schuh, bevor er sich an den Esstisch begab und bei einem Glas Wein auf den Geburtstag seiner geliebten Schwester anstieß.

Uwe Ackermann *lebt in Köln.*

L'amore ist eine harte Probe

Ein tiefer Atemzug, ein schweifender Blick in die kleinen Gässchen. Einfach innehalten und das Hier und Jetzt genießen. So und nicht anders hatte ich mir Angelinas Heimat vorgestellt. Auf den Straßen des Quartieri Spagnoli, dem Stadtviertel Napolis, in dem Angelina aufgewachsen ist, herrschte reges Treiben. Es war hektisch, aber nicht stressig. Ich denke, diese positive Angeregtheit kann man nur nachempfinden, wenn man selbst schon einmal in Italien war und die Dolce Vita live miterlebt hat.

Von allen gerade anwesenden Personen war ganz bestimmt ich die nervöseste. Nicht etwa, weil ich vermutlich gerade der einzige Nicht-Italiener in dieser kleinen Gasse war. Es lag vielmehr daran, dass heute der große Tag gekommen war. Der Tag, an dem ich Angelinas Vater kennenlernen durfte. Ich glaube, jeder von uns kennt diese Situation: Das furchtbare Warten darauf, ob man es wert ist, den Eltern als neuer Lebensgefährte präsentiert zu werden. Schon unter normalen Umständen erforderte das immer die allerhöchste Konzentration.

Wenn nun aber die einzige Tochter ihrem verwitweten italienischen Vater den Mann vorstellt, in den sie sich ausgerechnet in ihrem Auslandssemester in Deutschland verliebt hat, muss das nicht unbedingt nur Jubelstürme auslösen.

Aber Angelina hatte mich im Vorfeld bereits beruhigt. Ihr Vater sei ein netter älterer Herr, der zwar alles für seine Tochter tue, sie sich aber auch so frei entfalten ließe, wie sie es für sich wünschte. Sie warnte mich allerdings vor, dass er mich dennoch sehr genau beäugen würde. Er habe immer betont, dass er sein Schmuckstück, wie er sie nannte, nur dem besten Jungen anvertrauen würde, den es gebe. Außerdem sollte ich mich auf seinen etwas eigenwilligen Humor einstellen, der manchmal nicht ganz zu durchschauen sei. Ich solle ihn mir aber auf keinen Fall als fiesen sizilianischen Paten vorstellen und mich bloß keinem Kopfkino dummer Klischees hingeben. Natürlich würde ich das nicht. Zudem hatte ich ja bis hierhin auch ein erfülltes Leben gehabt. Allein schon, indem ich nunmehr seit drei Monaten mit Angelina zusammen war.

Den ersten gemeinsamen Augenblick werde ich wohl niemals vergessen. Sie betrat ein paar Minuten zu spät eilig den Seminarraum der politischen Fakultät, in dem wir ab sofort gemeinsam ein Seminar zum Thema *Internationale Beziehungen Südamerikas* besuchen sollten.

An den Inhalt des ersten Seminartermins kann ich mich nicht mehr ansatzweise erinnern. Das Einzige, woran ich rückblickend noch denken kann, waren ihre strahlenden, warmen, dunkelbraunen Augen und ihre langen, fast schwarzen Haare, die in der Sonne aber einen leichten Kastanienton offenbarten. Und sie roch so gut, so unglaublich gut.

Augenblicklich wurde ich meiner Tagträume entrissen und sah mich einer Gruppe von fünf etwa gleichaltrigen Einheimischen gegenüber. Sie machten nicht gerade den Eindruck, als hätten sie mit mir über Kunst diskutieren wollen.

„Bist du dieser Typ, der mir meine Angelina wegnehmen möchte?", brüllte mir der offensichtliche Rädelsführer der Gruppe zu.

„Entschuldigung. Wer sind Sie und was wollen Sie von mir?"

„So fein und höflich. Ich wusste gar nicht, dass Angelina so etwas gefällt. Weißt du, Dummkopf, sie war eigentlich mir versprochen. Schau dich doch an, du kümmerlicher Wurm, wie könnte sie jemals so eine Pfeife wie dich mir vorziehen?"

Meine Wut stieg. „Seit wann kann ein Mensch einem anderen gehören? Warum sollte dir eine Frau mit einem freien Willen versprochen sein worden? Das ist doch gar nicht möglich. Und wie kommst du dazu, mich zu beleidigen?"

„Du gibst also zu, dass du dieser Idiot bist, der glaubt, meiner Angelina gerecht zu werden?"

„Das habe ich nicht gesagt", zog ich es vor, zunächst defensiv und vorsichtig zu agieren. Immerhin war ich allein und die anderen waren zu fünft. Sollte es ein Fehler gewesen zu sein, nach Neapel zu reisen? Nein, so ein Blödsinn. Von diesem liebestollen Irren ließ ich mich bestimmt verunsichern. Selbst wenn es hier nun ein paar Komplikationen geben sollte, die Liebe zu Angelina war es allemal wert, Angelina war es allemal wert.

„Ach, dann ist ja gut. Entschuldige bitte die Verwechslung. Hätte ich mir denken können. Angelina hat nur den Besten verdient."

„Wer will dir sagen, dass ich nicht dieser *Beste* bin?" Ich war nun vollständig auf Temperatur und fest entschlossen, diese Konfrontation zwar nicht unbedingt voranzutreiben, ihr aber auch nicht zwanghaft aus dem

Weg zu gehen. Während ich noch auf die Antwort meines Gegenübers wartete, hatte mich der Rest der Gruppe bereits unbemerkt umkreist. Indem ich mich nur auf ihn konzentriert hatte, waren die anderen aus meinem Blickfeld verschwunden. Ein Fehler, wie ich nun schmerzlich feststellen sollte. Plötzlich wurde ich gepackt und in eine dunkle Gasse gezogen.

„So, du blonder Lulatsch, jetzt lass' dir mal eines gesagt sein: Angelina ist meine Freundin. Ja, wir hatten ein paar Probleme, aber eigentlich sind wir beide füreinander bestimmt."

„Das werden wir noch sehen. Ich liebe Angelina und du bist selber schuld, wenn du diese wunderbare Frau hast gehen lassen." Ich stellte mich unmittelbar auf den ersten Fausthieb ein.

„Sieh mal. Ich halte dich zwar für einen Idioten, aber nicht für vollkommen verblödet. Du bist noch jung, du findest sicher eine andere, in die du dich verlieben kannst. Deswegen möchte ich nicht unfair sein und dir ein Angebot machen, das du gar nicht ablehnen kannst."

Ein wenig klang das allerdings schon nach Mafia, aber ich bemühte mich, die Ruhe zu bewahren.

Der junge Italiener umgriff meinen kleinen Finger. „Entweder, ich breche dir an jedem Tag, an dem du hier bist und um sie kämpfst, einen Finger und danach die Zehen oder ich gebe dir hier und jetzt 2.000 Euro bar auf die Hand und du vergisst, dass du sie jemals kennengelernt hast."

Ich zögerte nicht eine Sekunde und erwiderte: „Na los, mach schon. Brich' mir den Finger, aber glaube ja nicht, dass ich morgen unvorbereitet sein werde, wenn du wieder vor mir stehst. Und vergiss' es vollkommen, dass ich auch nur eine Sekunde daran zweifeln würde, mich für Angelina zu entscheiden." Ich war selbst etwas beeindruckt von meinem Mut und stellte mich auf den nun folgenden Schmerz ein.

„Luca, Giuseppe, Luigi, Andrea, Dino, was zur Hölle treibt ihr da?" Wie aus dem Nichts erklang Angelinas Stimme, die selbst in wütendem Tonfall für mich wie pure Musik klang.

„Cousinchen, lass uns dir erklären …", stammelte der bisherige Rädelsführer viel kleinlauter als zuvor.

„Das Erklären werde ich übernehmen", hörte ich eine weitere Stimme. Ein älterer Mann trat aus dem Schatten in den Sichtbereich der Gruppe. „Ich habe deine Cousins damit beauftragt, meinen vielleicht zukünftigen Schwiegersohn mit einem kleinen Spaß auf die Probe zu stellen. Und was soll ich sagen, mein Töchterchen, ich bin mit deiner Wahl zufrieden. Mehr als zufrieden. Der junge Mann hat einen guten Eindruck hinterlassen." Angelina und ich schoben den kurzen Moment der Verärgerung beiseite und beschlossen vielmehr, uns darüber zu freuen, dass ihr Vater mich nun als Begleiter an ihrer Seite akzeptierte. Außerdem dachten wir, dass es viel lustiger sein würde, sich zu gegebenem Zeitpunkt mit einem ähnlich *lustigen* Spaß zu revanchieren. Vielleicht eine ausgedachte ungeplante Schwangerschaft kurz vor dem Studienabschluss oder was auch immer. Bis dahin freute ich mich über die gemeinsame Zeit mit Angelina und ihrer Familie und natürlich über meine unversehrten Finger.

Pascal Folâtre wurde vor 36 Jahren in Hagen geboren. Nach seinem Ausflug an den Rhein, wo er an der Universität zu Köln Volkswirtschaftslehre und Politikwissenschaften studiert hat, lebt er heute wieder in der sauerländischen Ruhrgebietsstadt. Neben der Lust zu schreiben, die für ihn ebenso untrennbar mit der Leidenschaft des Lesens verknüpft ist, trifft man ihn alle vierzehn Tage in einem großen Fußballstadion im Herzen des Ruhrgebietes, wo er mit viel Leidenschaft seinen Lieblingsverein unterstützt.

Der Anhänger

Giovanni de Scerzo, Grandseigneur alter Schule, saß auf der Treppe zur Dachluke. Der Mond über dem Vesuv ließ seine weißen Turnschuhe im Kontrast zum schwarzen Trainingsanzug leuchten. Er ohne dreiteiligen Sommeranzug! Aber es drohten abgerissene Knöpfe und er musste wendig sein.

Licht an, Schritte auf den unteren Treppen. Werden sie heraufkommen? Nein: Die Haustür krachte. Wieder Stille und nach neunzig Sekunden auch Dunkelheit.

Würde Dottore Francese wieder schweigen? Der Arzt, der mutmaßlich hundert Jahre alt war und beinahe genauso lange keine Praxis mehr führen durfte. Mit ihm bestand eine architektonische Verbindung: Ahnen als Fundament, Schweigen als Gebäude. Er würde den Schein ausstellen und zweihundertfünfzig liquidieren, wie damals. Er sprach von Lira – gewiss, wenn man so alt war.

Allegra, die Sängerin, hatte versehentlich zu viele Tabletten eingenommen, so erklärte er dem Dottore. Dieser nickte und hielt das braune Röhrchen, in dem die Übeltäter ihr Zuhause hatten, gegen das Licht. *Bromazepam* in Schreibschrift zierte das Glas. Und dann schlief sie so schön und ruhig und er konnte anfangs gar nicht unterscheiden, ob sie schlief oder schon ... Im Schlaf ging ihr Atem so flach wie die Witze, die sie im Wachen machte und dann lachte wie eine rossige Hyäne – er hatte noch nie eine rossige Hyäne lachen hören, aber so musste es sein – und die Lache der Hyäne schallte in den Arkaden ihres Terrazzo-Palazzos.

Das Bestattungsinstitut schickte zwei Mann und verlangte sechshundert einschließlich Zeremonie und Blumen. Ihm blieben die Erinnerung an das Hyänenlachen, zwei venezianische Kommoden und seine eigenen vierhundert Euro, da die von ihm unterschriebene Eheerklärung eine Gütertrennung war.

Wieder ging das Licht an und ein Pizzabote lieferte in die zweite Etage. Exakt neunzig Sekunden später trat erneut Dunkelheit ein und die Erinnerung an Carla, als der Duft geschmolzenen Parmesans zu ihm hinaufstieg. Carla belegte ihre Diavola mit Salsiccia Napoli und bestrich diese dann mit Senf. Ansonsten war die reiche Designerin natürlich schlank wie ein Schrubberstiel und beweglich wie ein Stromkabel. Und genau das war nach dem Essen ihr Verhängnis, als die schrubbende Kabelgleiche an ein solches fasste, um es aus dem Wischweg zu stupsen. So kurz der Stupser, so widerstandslos wischte der Strom durch ihr Herz hindurch in den Arm, der den Besen im Zinkeimer an die Heizung drückte. Hier sah er sogleich, wie es um sie stand. Aber zur Sicherheit rief er den Dottore erst nach einer Viertelstunde. Der Gerufene sah das Senfglas, ahnte und schwieg, aber er liquidierte zweitausendfünfhundert von dem armen, nunmehr schon zweifachen Witwer.

Das Bestattungsinstitut schickte wieder zwei Mann, unnötigerweise: Die Schrubberschlanke säuberlich gefaltet, eingeschlagen in Bettlaken, von ihm aus auch schwarze, ein violettes Band, und dann hätte ein einzelner Kräftiger sie huckepack zum Fahrzeug geschafft. Aber die Pietät dramatisiert ihre Trauer in den engen neapolitanischen Gassen, wenn die schwarzen Zylinder im Doppel agieren. Der Abt von Santa Chiara dankte ihm für ihre testamentarische Hinterlassenschaft.

Wieder neunzig Sekunden Licht. Dann tapsten Teenager-Turnschuhe nach Kichern und Knutschen in die dritte Etage.

Bei Aurelia hob Dottore Francese seine rechte Augenbraue. Er ahnte, dass eine Strangulierte sich hinterher nicht noch an ihren Nylons erhängte. Aber die Augenbraue senkte sich und er liquidierte fünfundzwanzigtausend. Schweigend.

Sie hinterließ eine Million roter Abendroben, zwei Millionen schwarze BHs mit dem Eindruck *95F* und schließlich vier Millionen Euro. Diese seinerzeit erfidelt von ihrem verblichenen Gatten, dem virtuosen Geiger, der mit Verdi und anderen Ohrenbetäubenden Hunderttausende in seinen Bann und deren Euros in seine Tasche zog. Bei diesem Gedanken strich er sich über den präzise ausrasierten Oberlippenbart, feine schwarze Bürstchen, schlank wie seine Finger, scharf wie seine Nase, klar wie sein Plan.

Das Bestattungsinstitut bekam sechstausend inklusive Musik und Blumen. Diesmal schickten sie drei, wegen der Fülle der Masse und des Gewichts der Bedeutung: immerhin die tote Witwe des toten Geigers. Die Presse erwähnte ihn selbst nur am Rande – wie günstig!

Heute würde er den Dottore noch nicht rufen. Heute würde der Einbrecher zugange gewesen sein, an dessen Stelle er im dunklen Treppenhaus saß. Dieser war ganz entgegen der neapolitanischen Tradition handgreiflich gegen die Bewohner geworden. Sehr stillos. Aber willkommen.

Zu Mittag würde er ungehalten klingeln und sich gemeinsam mit dem von unten herbeigerufenen Portiere über den handgreiflich untraditionellen Einbrecher entsetzen. Dann erst käme der Dottore – vielleicht ahnend – aber jedenfalls schweigend.

Wieder Licht. Nicht auf der Treppe, aber auf dem Absatz erkannte er ihre Absätze. Das schwerfällige Klacken aus der überbreiten Hüfte, rücksichtslos breit gefressen, ohne Achtung vor seinen schlanken Händen, die dort einst ihre Gleitphasen im Vorspiel erlebten.

Die üppigen braunen Locken und der bescheuerte blaue Mantel im Mailänder Design: Das war sie. Der Schlüssel im Schloss, die Klinke gedrückt – zwei Panthersprünge auf sie zu, mit der Linken den Mund zuhalten, mit der Rechten am Hals den Kehlkopf ertasten, alles, noch ehe sie den Lichtschalter drinnen berührte. Schon waren neunzig Sekunden um und Dunkelheit beherrschte die Szene, in der Stöhnen, Strampeln, Winden und Würgen viel, sehr viel Kraft beanspruchten.

Am frühen Vormittag klimperten in seiner Stamm-Espressobar Tassen, Gläser und Besteck wie vergnügt und mischten sich in das Schwirren der ewig wachen Metropole. Aber seine Augen weiteten sich, wie sich seine Nackenhaare aufstellten, als er inmitten dieses Geschrills das Klacken der Absätze gewahr wurde, die er doch gestern für immer zum Schweigen brachte.

Daniella warf den bescheuerten blauen Mantel auf den freien Stuhl, schüttelte die üppigen braunen Locken und setzte sich an den Tisch.

„Du glaubst es nicht – Renata ist tot!" Ihr Blick war reinste Sensation.

„Renata?" Seine Stimme war ungewöhnlich dünn.

„Wir waren in der Schule beste Freundinnen. Sie hat auch so schöne Haare. Aus Spaß haben wir dieselben Sachen angezogen, mancher Lehrer konnte uns nicht auseinanderhalten. Gestern kam sie an."

„An … kam sie?"

„Spätnachmittag auf dem Bahnhof. Sie hatte sich extra den gleichen Mantel besorgt. Wir haben herzlich gelacht! Ich hatte doch Vorstellung, da habe ich ihr einen Schlüssel gegeben, damit sie schon mal bei mir rein konnte."

„Rein …"

„Aber mal was anderes. Du hast noch immer den Schlüssel von mir, den kannst Du mal abgeben!"

Er wühlte unverständlich grunzend in der Tasche und knallte den Schlüssel vor ihr auf den Tisch.

Sie nahm ihn auf, hielt dann aber inne und betrachtete den hölzernen, quadratischen Anhänger. Unten rechts die abgebrochene Ecke und tiefe schwarze Riefen als Zeugen vergangener Jahrzehnte. Eben diesen Anhänger, den sie mitsamt dem Schlüssel gestern Renata ausgehändigt hatte. In einer Sekunde erfasste sie die Zusammenhänge.

„Sag mal, Seppi …"

Oh, wie er das hasste – Seppi, weil sie Giuseppe und Giovanni nicht unterscheiden wollte.

„… hast du eigentlich noch die Aktien mit der schönen Dividende?"

Als Antwort ein bejahend fragender Blick, der sich im langsam schwingenden Holzanhänger verfing und dann mit dem Gesicht schreckensbleich wurde.

Daniella war sich sicher: Dies war der Beginn einer überwiegend zwar nur finanziellen, aber sehr intensiven Beziehung.

Falko Nammen: *Der Autor ist Jahrgang 64 und Jurist im öffentlichen Dienst. Nach einigen juristischen Fachaufsätzen wuchs das Interesse an unterhaltsamen, kurzen Beiträgen, dem das vorliegende Werk zu verdanken ist.*

Das Bildnis des Adriano

Draußen gaben sich die jungen Leute die Klinke in die Hand. Ich hörte zu, was sie sich beim Rauchen zu sagen hatten. Und mich durchfuhr ein zu unterdrückendes Gähnen.

In der Hoffnung, jemanden zu sehen. Und wenn man ihn dann sah, war es doch ein ganz anderer. Und auf dich hätte ich nicht angemessen, was auch immer dies bedeutete, reagieren können.

Was zum Schreiben gesagt werden konnte: Meine Ungeduld und die Länge der Abläufe ließen mich gestrandet. Gestrandet in der Nähe von Salerno. Zumindest lebte da Großmutter Nonna. In Napoli wartete niemand auf mich. Du erwartetest mich nicht. Vor dem Einschlafen schrieb ich dir im Kopf Postkarten.

Liebster. Wie wäre es, zusammen auf einem Pferd zu reiten? Reiten ist wie fliegen. Oder machst du das?

Dies schrieb ich auf eine Postkarte mit Pferdekopf. Das Pferd war blau. Gedanklich in Beziehung zu dir bleiben. Sie würde für lange Zeit keine Wirklichkeit werden. Die Beziehung zu dir. Vielleicht niemals. Das Vermissen blieb.

Miss you oh sooo much schrieb ich auf eine Postkarte, die ein loses, gelb- und orangefarbenes Ahornblatt zeigte.

Liebster Adriano. Liebesgrüße aus Napoli. Deine Nora.

Das schrieb ich auf eine Postkarte, die das neapolitanische Kloster Chiostro Santa Chiara rot ausgeleuchtet zeigte.

Außerdem hatte ich dich gemalt. Von dem einzigen Bild abgemalt, das ich von dir hatte. Es zeigte dich klein im Profil. Ich hatte mir eine Lupe gekauft. Und malte. Der Aquarellblock war ein Geschenk von Nonna. In Postkartengröße. Wahrscheinlich hatte sie gehofft, ich würde ihr wieder öfter nach Salerno schreiben, so wie ich es in meiner Kindheit getan hatte.

Damals wünschte ich mir den Tod und schrieb Zeilen voller Sehnsucht an die geliebte Nonna: *Liebe Indianerin.* Weil sie ihre langen, weißen Haare in zwei Zöpfe geflochten unter einem bunten Kopftuch trug. Im Sommer, wenn ich sie besuchte, schaute ich ihr gern beim Kämmen der Haare, dem Flechten zu. Ihre Tätigkeit tastend, als sei sie bereits erblindet.

Aber dein von mir gemaltes Aquarellbild konnte ich Nonna unmöglich schicken. Aus Napoli. Seiner Unterwelt. Auch, weil es mir gehörte. Dein Bart hatte mir beim Malen besondere Probleme bereitet. Ich war sehr ungeduldig, während ich kleine Striche mit dem Pinsel machte. Ich dachte dabei unentwegt an Vincent van Gogh, dessen Lebensgeschichte ich zu dem Zeitpunkt meines Lebens verschlungen hatte, nachdem ich den Anschluss an die Menschen um mich herum endgültig verloren meinte.

Dein Aquarellbild war gestohlen worden. Vom Nachtisch der Herberge, in der ich lebte. Napoli. Stahl man da nicht japanischen Touristen die Kodak-Kameras? Ich war doch fast eine Einheimische und überhaupt. Ich lauerte der Herbergsmutter Anima auf. Vielleicht kannte sie dich. Vielleicht hatte sie das Bild schon zerstört. Sein Verlust schmerzte mich. Die jungen, draußen rauchenden Leute, die mich gleichermaßen beschäftigten wie langweilten, waren Patienten einer Nervenklinik, in der ich als Pflegerin an Wochenenden und Feiertagen aushalf.

Anima war einkaufen gegangen. Jeden Morgen ging sie zum Gemüsemarkt. In meiner Vorstellung machten das alle Italienerinnen so. Nur Nonna hatte ihre täglichen Besuche der Marktstände aufgegeben, seitdem ihre Beine nicht mehr mitmachten, sagte sie. Aber sie schämte sich für den gebeugten Rücken, den sie bekommen hatte und der ihr das Aussehen einer alten Hexe gab. Sie wollte die Kinder nicht erschrecken.

Wieder stand ich an der im Laufe der Jahre rund gewordenen Ecke zur Hauptstraße hin und wartete auf Anima. Da ich keinen Elektroschocker bezahlen konnte, hielt ich ein kleines Obst- und Schälmesser in der Hand. Wenn sie Angst bekäme, würde sie mir dein Aquarellbild wieder auf den Nachtisch legen. Ihre Angst war mein Freund. Wenn ich auf meine gehört hätte, wäre ich spätestens mit Ausbruch des Krieges nicht mehr aus dem Haus gegangen. Keinen Fuß hätte ich mehr vor die Tür gesetzt. Mein Bauchgefühl galt es, zu übergehen. Sorgfältig hatte ich im Kopf abgewogen, was zu tun wäre, um wieder an das Aquarellbild zu kommen. Oft hatte ich versucht, ein neues zu malen, aber es war mir jedes Mal misslungen. Dieses Versagen schrieb ich meiner Unprofessionalität zu. Ein richtiger

Künstler konnte sicherlich ein und dasselbe Bild beliebig oft und sogar aus dem Kopf malen. Der Aquarellblock mit seinen dicken Blättern war schon fast aufgebraucht. Was ließ mich mehr verzweifeln? Mein Versagen? Der Verlust des Bildes?

Anima kam nicht. Ein Vespafahrer hatte sie an der Wade erwischt und sie ging an diesem Vormittag nicht nach Hause, sondern zum Verbinden und Desinfizieren ins Krankenhaus. Wie ich im Laufe des Tages, das Messer noch in der Hand, erfuhr. Ich atmete tief ein und wieder aus, ließ Wasser in den fleckigen Joghurtbecher laufen, öffnete den Aquarellkasten und nahm den Pinsel zur Hand. Diese hatte das Messer lange Zeit fest umklammert gehalten und schmerzte noch.

Rada Rank *wurde 1978 in Rüsselsheim geboren und lebt heute auf dem Land zwischen Augsburg und München.*

Uomo ombra

Luigi stand an der Uferpromenade und starrte auf das schlammige Meerwasser. Wellen schlugen an den Strand und brachten den fauligen Gestank von Fisch mit sich. Das Wasser war höher als sonst und unzählige Zweige und Äste trieben in der Strömung mit. Es war bereits fast dunkel und viel zu kalt für diese Jahreszeit. Er fröstelte und vergrub seine Hände in den Taschen seiner alten, ausgefransten Regenjacke. Einige Jogger liefen an ihm vorbei, Leute mit Hunden und ein verliebtes Pärchen. Er war unsichtbar, die Leute bemerkten ihn nicht. Er war der Schattenmann.

Die einsame Villa am Strand hatte er schon seit drei Wochen beobachtet. Und nicht nur die, sondern auch unzählige andere Wohnungen und Häuser hier in der Gegend. Heute Abend wollte er zuschlagen. Er wusste, die Leute waren weg und es gab vermutlich viel zu holen. Luigi vergrub seine Hände noch tiefer in den Taschen und schlenderte die Uferpromenade auf und ab.

Plötzlich sprang ein großer Hund kläffend an ihm hoch. „Hau ab!", schnauzte er ihn an, doch der Hund ließ nicht locker und schien immer mehr durchzudrehen.

Endlich zerrte ihn eine Frau zurück. „Scusa! Es ist sonst gar nicht seine Art", sagte sie und nahm den Schäferhund mit sich fort.

Es war zehn Uhr geworden. Die Stadt war inzwischen ganz in Dunkelheit gehüllt. Irgendwo brannten noch Lichter – die Leute sahen fern oder machten sich bereit für die Nacht. Alles sah so friedlich aus.

Die alte Villa wirkte wie ausgestorben. Flink sprang er über das Balkongeländer und hebelte mit einem Griff die Balkontür auf. Schon stand er drin in dem fremden Haus. Es war einfacher, als er gedacht hatte. Sein Herz hämmerte – jetzt keinen Fehler machen.

Zum ersten Mal in seinem Leben hatte er einen richtigen Plan. Jetzt hieß es nur noch, Nerven bewahren und den Plan gut ausführen. Schon bald würde er endlich zu den Gewinnern im Leben gehören. Dann würde das andere automatisch kommen. Luigi würde eine schöne Frau finden und eine Familie gründen. Zwei oder drei Kinder hatte er sich immer gewünscht. Mit denen wollte er toben und Fußball spielen. Er wollte mehr Zeit für sie haben, als sein Vater je für ihn gehabt hatte. Das hatte er sich ganz fest vorgenommen. Und er wollte mit ihnen in den Urlaub fahren. Sie würden das Auto vollpacken und dann einfach irgendwo hinfahren. Es musste kein Luxusurlaub sein – ein Zelt würde reichen. Sie würden an einen See fahren und dort campen. Das hatte er sich schon immer gewünscht. Dann vielleicht ein bisschen angeln und schwimmen und abends am Lagerfeuer sitzen. Das wäre ein Traum.

Jetzt stand er in der Villa und durchwühlte die Schubladen. Seine rauen Hände zitterten. So etwas hatte er noch nie getan. Aber einmal war immer das erste Mal. Er wünschte, er wäre jetzt nicht allein und hätte einen Kumpel. Aber sein Leben war einsam. So einsam, dass er keine Freunde mehr hatte. Er wusste selber nicht genau, wann und wie er seine Freunde verloren hatte. Es war schleichend geschehen, unmerklich.

Aber es war nun egal und spielte keine Rolle mehr. Er hatte seinen festen Plan und seinen Entschluss gefasst. Er durfte sich jetzt nicht mit wehmütigen Gedanken beschäftigen, dazu war nachher immer noch Zeit. Nachher ... wie sah dieses Nachher wohl aus? Er wusste es nicht.

Im Wohnzimmer wurde er gleich fündig: In der obersten Schrankschublade fand er 200 Euro und eine Sparkassenkarte. Eilig stopfte er alles in seinen Rucksack – er stellte sich schon vor, was er davon alles kaufen würde. Blitzartig tauchten Bilder in seinem Kopf auf: neue Schuhe, eine warme Winterjacke.

Er hastete schnell durch die Räume und durchwühlte Bettkästen, zog unzählige Schubladen auf, guckte unter Betten und in Einbauschränke. Er kam sich schäbig vor – fand irgendwie, dass er in dem Leben der Leute herumwühlte. Aber er tat ja keinem weh und die Leute waren bestimmt versichert. Die bekamen das Geld zurück. Und den Schock mit dem Einbruch würden sie sicher sehr schnell vergessen und verarbeitet haben. Dazu gab es schließlich die Psychologen.

Mit seiner Taschenlampe leuchtete er den Hausflur ab. Er musste weiter arbeiten, die Zeit drängte. Als er nichts fand, war er ein wenig enttäuscht – sollte das alles gewesen sein? Er lief in ein anderes Zimmer. Bunte Bilder hingen an der Wand, ein Stofflöwe saß auf einem Schrank und sah ihn mit seinen großen Knopfaugen direkt an. Mit einem Schlag wurde ihm bewusst, dass er im Kinderzimmer gelandet war. Aber auch hier konnten die Leute ihr Bargeld versteckt haben. Er hatte bereits von den unmöglichsten Orten gehört. Leute versteckten ihr Geld hinter Bildern, in Kopf-kissenbezügen, in der Schmutzwäsche oder sogar im Toaster. Nichts war unmöglich.

Endlich hatte er wieder Erfolg. Der Lichtkegel seiner Taschenlampe er-fasste ein Sparschwein. Ein rosa Sparschwein mit der Aufschrift *FRAN-CESCA* stand in einem Regal. Das Schweinchen war prall gefüllt mit zerknitterten Zehneuroscheinen. Da waren bestimmt 400 Euro in dem Sparschwein. Ein echter Glücksgriff. Damit hatte er jetzt gar nicht mehr gerechnet. Aber auch er musste schließlich einmal Glück haben in seinem Leben. Dann leuchtete er mit seiner Taschenlampe das restliche Zimmer ab. Seine Hände zitterten – er musste sich beeilen, das spürte er. Manch-mal hatte er Vorahnungen und mit denen hatte er immer richtig gelegen. Fast immer.

Plötzlich tauchte im Lichtkegel ein Bild auf. Ein kleines Bild an der Wand: Es zeigte das kleine Mädchen mit ihrem Stoffhund. Das war be-stimmt Francesca. Ein hübscher Name. So schlicht und einfach und doch irgendwie schön. Leise flüsterte er den Namen. Warum er das tat, wusste er nicht. Francesca blickte ihn fröhlich lächelnd an – ihre Augen strahl-ten wie zwei Sterne. Seine Kehle schnürte sich zu – gerade hatte er ihr Sparschweinchen geplündert. Er konnte Francesca nicht ausrauben – das schaffte er einfach nicht.

Kurze Zeit später war er wieder auf der Uferpromenade angelangt. Der Mond schien hell und tausend Sterne glitzerten. Nachdenklich lief er zum Hafen hinunter. Niemand bemerkte ihn. Niemand vermisste ihn. Er wusste, sein neues Leben würde nie beginnen. Er war und blieb der uomo ombra.

Dörte Müller, geboren 1967, schreibt und illustriert Kinderbücher. Sie lebt mit ihrer Familie in Bonn und unterrichtet Englisch, Deutsch und Kunst. Ita-lien ist eines ihrer Lieblingsreiseländer. Der malerische Ort Ostuni im Süden von Italien inspirierte sie zu einer Kurzgeschichte.

Melania und Stefania

Als Moreno auf der Piazza del Plebiscito am Automaten Geld abheben will, bemerkt er plötzlich, dass seine Bankomatkarte nicht mehr da ist. Aber in der Nähe des Geldautomaten fällt ihm eine junge Frau auf, die anscheinend seine verlorene Karte in der Hand hält und sie eingehend mustert. „Entschuldigen Sie", spricht Moreno die Frau an, „ist das Ihre Karte?"

„Nein", sagt die Frau und blickt erschrocken auf. „Ich suche nach dem Besitzer."

„Ich glaube, dass ich der Besitzer bin", antwortet Moreno.

Die Frau reicht ihm die Karte und stellt sich als Melania vor. Moreno wirft einen schnellen Blick auf die Karte und steckt sie ein. „Ich mag Diebe überhaupt nicht", sagt er.

„Unverschämtheit!", ruft Melania. „Ich bin keine Diebin! Und überhaupt: Vielleicht sind Sie ein Betrüger! Es könnte ja auch sein, dass Ihnen die Karte gar nicht gehört. Ich habe die Karte jedenfalls hier gefunden."

„Entschuldigen Sie mich bitte", beschwichtigt Moreno Melania. „Ich war so wütend, dass ich meine Wut einfach rauslassen musste. Ich bin sonst nicht so, glauben Sie mir. Ich würde Sie gern zum Abendessen einladen, um mich bei Ihnen zu revanchieren. Danke, dass Sie die Karte gefunden haben!"

Etwas widerwillig nimmt Melania die Einladung an.

Als sie gemeinsam Pizza essen, ergießt Melania plötzlich einen ganzen Schwall aus Worten über Moreno. „Ich soll einen Mann heiraten, der bei seiner Mutter lebt", erzählt sie. „Die Schwiegermutter ist reich und sorgt für uns alle, wir müssen nicht einmal arbeiten gehen – aber sie stellt eine Bedingung: Wenn ich Kinder bekomme, dann soll sich nicht mein Mann um sie kümmern, sondern mein Bruder Regino soll gemeinsam mit mir die Kinder großziehen. Ich habe Angst vor einem solchen Leben, auch wenn ich mich mit Regino gut verstehe. Regino darf dann natürlich nicht heiraten, sondern muss mit mir zusammenbleiben. Mein Mann hingegen darf nicht einmal mit mir leben, sondern soll bei seiner Mutter im Haus bleiben – seine Mutter besteht darauf. Auch ich wurde von meinem Onkel großgezogen, statt von meinem Vater, aber ich möchte einen Mann, der sich selbst um unser Kind kümmert. Gerade habe ich erfahren, dass ich ein Kind erwarte, und da wollte ich einen Diebstahl begehen: Ich wollte einfach gegen Regeln verstoßen. Doch dann stand ich mit der Karte an der Piazza und habe es nicht gewagt, einen Schritt weiterzugehen."

Morenos Augen verkleinern sich wegen der gestohlenen Karte. Dann grinst er breit und geht auf Melanias Familiensituation ein: „Ist eine solche Familienstruktur in Neapel denn üblich, Melania? Ich habe noch nie etwas darüber gehört."

„Nein", sagt Melania. „Ich komme nicht aus Neapel, sondern aus einer kleinen Gemeinde in der Nähe. Sie heißt Città della Madre. Dort ist es üblich, dass die Männer bei ihren Müttern bleiben und die Kinder ihrer Schwestern großziehen."

Melania und Moreno haben ihre Pizza zu Ende gegessen und blicken durch ein Buntglasfenster auf den Säulengang der Piazza Plebiscito.

„Seit wir uns begegnet sind", sagt Moreno dann unvermittelt, „hast du mich systematisch angelogen, Melania. Eine Città della Madre wird es wohl gar nicht geben. Selbst für eine literarische Erzählung wäre deine Geschichte viel zu konstruiert. Und wer würde bei einem ersten Treffen mit einem fremden Mann so viel von sich preisgeben? Das Ganze ist total unrealistisch."

Melania erschrickt. Dann sagt sie kleinlaut: „Ich habe gehofft, dass du mich findest. Du bist ein schöner junger Mann, aber ich wusste nicht, wie ich mich dir nähern soll. Deswegen habe ich mit deiner Karte beim Geldautomaten auf dich gewartet. Ich kann das Alleinsein nicht ertragen, aber ich habe nie Glück mit Männern."

Moreno rückt seine Krawatte zurecht. „Ich bin nicht nur Bankdirektor", sagt er triumphierend, „ich spüre auch, wenn mich jemand anlügt. Das Märchen vom Matriarchat hast du jetzt erfunden, damit du interessanter auf mich wirkst."

Melania lacht und stürmt aus dem Restaurant. Sie will jetzt nicht traurig wirken, nur deswegen muss sie lachen. Auf der Piazza dreht sie sich noch einmal um, öffnet ihr Haar und wirft Moreno Kusshände zu, dann läuft sie hastig fort. Moreno erhebt sich sogleich, hinterlässt einen Geldschein auf dem Tisch und verlässt das Lokal.

Bald darauf kehrt Moreno von seiner Geschäftsreise nach Verona zurück. Tage später trifft er sich in Trient mit einer jungen Frau namens Stefania in einem Café. Sie haben sich über ein Internetportal kennengelernt.

„Welche besondere Eigenschaft hast du, Stefania?", will Moreno wissen, während im Hintergrund Luciano Pavarotti *Ach wie so trügerisch* im Radio singt.

„Vielleicht mein langes schwarzes Haar, um das mich viele Frauen beneiden", sagt Stefania.

Moreno streicht sich über seinen dunklen Bart.

„Verrate mir doch einmal, was du an einer Frau gar nicht magst", wechselt Stefania das Gesprächsthema.

„Da gibt es einige Dinge", antwortet Moreno zähneknirschend. „Diebstahl zum Beispiel. Oder wenn sie mich belügt, um sich selbst interessanter darzustellen. Solche Frauen würde ich am liebsten umbringen." Er stockt kurz. Dann fügt er scherzhaft hinzu: „Aber wenn ich einen Mord nur in Gedanken begehe, habe ich nicht einmal eine interessante Geschichte zu erzählen, dazu müsste ich ihn schon ausführen."

Stefania erschrickt, wechselt dann aber sofort in eine ironische Stimmlage und fragt: „Hast du denn schon einmal eine Diebin oder Lügnerin ermordet?"

Moreno lacht.

Nach dem Essen verabschieden sie sich und Stefania meint: „Wenn es mit uns tatsächlich was werden soll, dann darf ich dich also niemals belügen?"

„Untersteh dich, Stefania!"

Beide lachen.

Am nächsten Tag schickt Stefania Moreno per E-Mail folgende Nachricht:

Guten Morgen, lieber Moreno!
Das Treffen mit dir habe ich sehr genossen. Du scheinst ein sehr zurückhaltender Mann zu sein, der nicht gleich zu viel von sich preisgibt. Fast den ganzen Abend haben wir nur über mich gesprochen – ich habe dir zum Beispiel erzählt, dass ich Medizin studiere und unbedingt Ärztin werden will, um anderen Menschen zu helfen. Es war mir sehr wichtig, dass du das erfahren hast. Aber ich wollte dich damit nicht beeindrucken. Mir gefiel dein Scherz: Wenn ich einen Mord nur in Gedanken begehe,

habe ich nicht einmal eine interessante Geschichte zu erzählen. Lieber Moreno, ich habe in der Zeitung gelesen, dass sich eine junge Frau ins Wasser des Golfs von Neapel stürzen wollte. Sie hat es nicht getan, aber sie hat geschrien, dass sie es am liebsten tun würde. Diese Frau hatte nie Glück mit Männern und wünscht sich so innig einen Mann – sie kann das Alleinsein kaum ertragen. Das hat sie der Zeitung gesagt, die über sie geschrieben hat.

Ich möchte dich wiedersehen, Moreno.

Ganz liebe Grüße!

Stefania

Moreno und Stefania treffen sich an einem sonnigen Frühlingstag in Verona und steigen zusammen in ein Riesenrad. Sie küssen sich, aber Moreno muss die ganze Zeit an Melania denken. Er sieht Stefania an und plötzlich denkt er, dass sie die Geschichte mit der verzweifelten Frau am Golf von Neapel nur erfunden hat – er soll sich wohl in sie verlieben. Wut türmt sich in ihm auf, aber Stefania küsst ihn.

„Du kannst mich umbringen, wenn du mich der Lüge überführst", flüstert sie ihm scherzhaft ins Ohr. Sie befinden sich auf dem höchsten Punkt des Riesenrades, als Polizeisirenen näher kommen.

„Hast du die Geschichte aus Neapel erfunden?", fragt Moreno. „Ich möchte es nicht glauben."

„Das verrate ich dir nicht."

Moreno erhebt sich, aber als zwei Polizeiautos unterm Riesenrad anhalten, setzt er sich wieder und das Riesenrad dreht sich erneut nach unten.

Marcel Zischg, *geboren 1988 in Meran (Südtirol), lebt in Meran. Studium der Germanistik und der Vergleichenden Literaturwissenschaften in Innsbruck. Arbeitet derzeit in einer Schulbibliothek. Diverse Veröffentlichungen in Zeitschriften und Anthologien. Schreibt u. a. Kurzgeschichten und Märchen. 2017 wurde sein Märchen „Kakapo – Ein Kindermärchen aus Neuseeland" mit dem 3. Platz der Bonner Buchmesse Migration ausgezeichnet. Veröffentlichungen (Auswahl): „Familie am Bach. Erzählungen"; „Wandernder Berg, badender Zwerg. Märchen."*

Das Mädchen auf dem Foto

„Glauben Sie ernsthaft, Sie können mich mit Süßigkeiten locken?" Spöttisch drehte sich Francesca von dem unbekannten, schwarzhaarigen Mann weg, welcher lässig an einem Van lehnte, und schritt die dunkle Straße entlang. Sie fühlte keine Angst, sie konnte sich wehren, auch wenn sie erst zwölf war, das verdankte sie ihren älteren Brüdern. Würde sie jetzt laut schreien, kämen sofort die neugierigen alten Frauen aus den Häusern gestürmt, in der Hoffnung Klatsch für den morgendlichen Tratsch zu haben.

„Ich zeige dir Hundewelpen. Schau, hier unter die Decke", hörte sie die Stimme des Fremden nun direkt hinter sich.

Francescas Herz schlug schneller, sie ließ ihren Rucksack fallen und wollte losrennen, jedoch umfasste sie der Unbekannte und zog ihr die Decke über den Kopf. Francesca wehrte sich mit aller Kraft, während der Unbekannte höhnisch lachte. Unsanft stieß er sie in den Van und schloss die Schiebetür. Panisch versuchte sie die Decke abzustreifen, spürte, wie sich ihre Kehle zuzog, und japste um Luft. Dann traf sie etwas hart am Kopf und es wurde schwarz um sie.

Wie lange sie bewusstlos war, konnte sie nicht sagen, auch nicht, wie lange sie schon unterwegs waren, doch die Straßen hier waren deutlich schlechter als sie gewohnt war. Der Wagen rumpelte über die unebene Fahrbahn, welches sich wie Kopfsteinpflaster anhörte.

„Schön, du bist wach", hörte sie die Stimme des Fahrers, „wir sind gleich da." Francesca wagte sich nicht zu bewegen.

Abrupt hielt er an und öffnete kurz darauf die Schiebetüre. Er packte sie am Arm und zog sie mit sich zu einer schmalen grünen Tür. Er stieß Francesca hinein, schaltete das Licht an und erklärte ihr, dass dies nun ihr neues Zuhause sei. Erschrocken drehte sie sich um, sprang den Mann an und versuchte, sich an ihm vorbei ins Freie zu kämpfen. Mühelos packte er sie, warf sie aufs Bett und schloss die Tür von außen ab. Sie war allein, in einer fremden Stadt, in einem Raum ohne Fenster und keiner würde sie hier jemals finden.

Die Wochen vergingen und sie sah ihren Entführer nur, wenn er ihr etwas zum Essen brachte. „Was wollen Sie von mir?", schrie sie ihn an, doch er zuckte nur mit den Schultern, strich sich die strähnigen Haare aus der Stirn und sperrte sie wieder ein. Francesca merkte, dass ihre Kraft täglich weniger wurde, ihr Wille zum Durchhalten schwand ebenso wie die Hoffnung, hier jemals rauszukommen. Der Fremde sagte kein Wort, stattdessen zog er sie förmlich mit seinen Blicken aus, fasste sie jedoch niemals an. Sie wusste nicht einmal seinen Namen, für sie war er nur ein Scheusal, das ihr auf grausame Weise ihre Kindheit geraubt hatte.

Eines Morgens betrat er ihre Kammer, legte ein zu großes Kleid hin und befahl ihr, mitzukommen.

Sie fuhren durch eine Stadt, die Francesca fremd war. Vereinzelt saßen alte Menschen vor den Häusern, entweder wild diskutierend ins Gespräch vertieft oder still beobachtend. Wäscheleinen baumelten zwischen den hohen Häusern und ließen kaum Licht in die schmalen Straßen. Es wirkte heruntergekommen, schmutzig und Verputz bröckelte von den Wänden. Bald schon wurden die Häuser hübscher, bunter, die Fassaden strahlten in Gelb, Rot oder Braun. Grüne Fensterläden wurden geöffnet, die kleinen Balkone mit Blumen geschmückt und fröhlich tratschend behängten die Frauen die Wäscheleinen.

„Ich möchte dir etwas zeigen", sagte ihr Entführer, parkte den Wagen und zeigte auf eine schmale Gasse.

Vor dicht gedrängt Geschäften standen Verkäufer und boten ihre Waren an. Bei genauerem Hinsehen entpuppten sich alle Waren als Weihnachtskrippen. Aufwendig geschnitzt, sorgfältig angeordnet, in Schneekugeln oder unter Glasstürzen, überdimensional oder in Miniaturformat.

Ein junger Mann trat zu ihr und bot ihr eine kleine Schneekugel an.

„Wo bin ich hier?", fragte Francesca leise und sah sich verstohlen um.

„In der Via San Gregorio Armeno, der Weihnachtskrippengasse", lachte der Verkäufer und machte eine ausladende Handbewegung.

„Nicht so laut", bat sie, „welche Stadt?"

Verwirrt starrte er sie an. „Neapel."

Francesca schluckte. Rasch zeigte sie auf eine Schneekugel und gab ihrem Entführer zu verstehen, dass sie diese wollte.

„Francesca Fabbreschi", sagte sie und deutete dabei auf sich.

Der junge Mann lächelte, packte die Kugel ein, und antwortete: „Luca."

In den nächsten Wochen bat Francesca öfters, hierherzukommen, und suchte sich jedes Mal in dem Geschäft eine Schneekugel aus.

„Ich bin oder ich war zwölf Jahre alt", setzte Francesca an, doch sofort stand das Scheusal neben ihr und zog sie fort. Francesca ahnte, dass Luca sie für verrückt hielt, doch sie musste es weiter versuchen. Er wirkte schlau und sie mochte seine braunen Augen, er würde das Rätsel lösen.

„Via Napoli", flüsterte Francesca beim nächsten Mal.

Doch der junge Mann zuckte mit den Schultern. „Gibt es hier mehrere: Pozzuoli, Arzano, Villaricca."

„Nicht hier." Aber noch ehe sie etwas ergänzen konnte, zerrte sie der Entführer fort.

Viele Wochen verbot er ihr, rauszugehen, sooft sie auch bettelte. Nach einer Ewigkeit stimmte er zu, doch sie durfte nicht mehr an den Stand von Luca, stattdessen wählte er einen Stand am anderen Ende der Straße. Francesca witterte eine Chance, warf eine Krippe zu Boden und rannte los. Fluchend hechtete ihr Peiniger ihr nach. Sie kämpfte sich durch die enge Gasse, rempelte Touristen und rief nach Luca.

Plötzlich spürte sie einen Schlag in ihre Seite, wurde herumgerissen und spürte einen weiteren Hieb in den Magen. „Luca", stöhnte Francesca, dann wurde sie ohnmächtig.

Der junge Verkäufer hatte das Mädchen anfangs für verrückt gehalten, doch sie hatte etwas an sich, das ihm keine Ruhe ließ. Sie wirkte wie ein Kind, doch sie war augenscheinlich erwachsen und ihre Haut war so blass, also ob sie seit Jahren keine Sonne gesehen hatte. Mühsam hatte er ihre Angaben notiert und stieß bei seiner Recherche zufällig auf einen alten Zeitungsartikel. Er betrachtete das Foto. Es hatte Ähnlichkeit mit dieser Francesca, allerdings kam das junge Mädchen am Bild aus Bari und wurde seit Jahren vermisst. Langsam ergab alles einen Sinn und er informierte die Polizei.

An jenem Tag gab ihm der leitende Offizier zu verstehen, dass dies das letzte Mal sei, dass sie seinen Stand bewachten. Als Luca nun die verzweifelte Stimme von Francesca hörte, informierte er sofort die Beamten. Sie war eine Fremde für ihn, dennoch ging es ihm nah. Und wenn er ehrlich war, er hatte sich in dieses Mädchen, welches so elfengleich wirkte, verliebt.

„Stehen bleiben", schrie der Polizist und hechtet einem Dunkelhaarigen nach, der ein Mädchen fest umklammerte. Luca blieb dicht hinter ihm.

Der Mann dreht sich langsam um, ließ das Mädchen zu Boden sinken und zog eine Waffe. Augenblicklich stürmten die Menschen auseinander, schrien, dann fiel der erste Schuss. Luca duckte sich instinktiv, suchte die Gegend nach Francesca ab und fand sie in einiger Entfernung. Er robbte zu ihr, griff nach ihrer Hand und zog sie an sich.

Angsterfüllt war ihr Blick, kraftlos versuchte sie, ihn abzuwehren, doch als sie ihn erkannte, flüsterte sie: „Luca", ehe sie wieder zusammenbrach.

Viel später erfuhr sie, dass ihr Entführer erschossen wurde, ihre Familie auf dem Weg hierher sei und dass Luca die entscheidenden Hinweise gegeben hatte.

Francesca fühlte sich hin- und hergerissen, sie freute sich auf zu Hause, doch gleichzeitig hatte ihr diese Stadt gezeigt, dass es hier auch Hoffnung und Liebe für sie gab. Es würde ein schwerer Weg zurück in das echte Leben werden, doch mit Luca an ihrer Seite würde es ihr gelingen.

S. M. Syrch, geboren 1982 in Wien, aufgewachsen in Niederösterreich, studierte Umwelt- und Sicherheitsmanagement. Neben ihrem Beruf schreibt sie leidenschaftlich gerne Kurzgeschichten. Seither mehrere Veröffentlichungen in Fachzeitschriften und Anthologien. Ihr erster Roman „Mini-Me auf Kreuzfahrt: Hamburger, Einhörner und Caipirinha." erschien im November 2021. Derzeit arbeitet sie an einer Fortsetzung von „Mini-Me auf Kreuzfahrt". Mitglied im Verband Österreichischer Textautoren. Weitere Informationen zur Autorin und ihren Projekten unter www.facebook.com/S.M.Syrch.

Die Sinnsuche

1. Tag: Anreise, Mitte Mai

Ich, Alvise Cadin, war an jenem Montagmorgen gerade aus dem Bus gestiegen, als ich sie sah und in der Menge der Leute erkannte, die an der Studienwoche teilnahmen. Es war Gudrun selbst, kaum verändert in den fünfzehn Jahren, seit ich mich in mein Städtchen zwischen Alpen und Voralpen zurückgezogen und sie nicht mehr gesehen hatte. Vor 35 Jahren, als wir uns kennengelernt hatten, war sie eine junge Ladinerin aus den Dolomiten, die gerade die Schule abgeschlossen hatte, um in einer Bank zu arbeiten. Ich war ihr Kollege und fünfzehn Jahre älter, aber wir verstanden uns sofort. Wir teilten alle möglichen Leidenschaften, ob amourös, politisch, kulturell oder sportlich. Unzählige Male erklommen wir gemeinsam die Dolomitenwände. Fünf Jahre lebten wir zusammen.

Nun näherte ich mich ihr und auch sie erkannte mich sofort. Sie war sehr nett zu mir, aber distanziert. Trotzdem nahm ich mir vor, sie nach dem Abendessen anzusprechen, da sie mir sagte, sie wohne im selben Hotel wie ich. Sie hatte Ethik, ich das Biologieseminar gewählt.

Nachmittag

Um drei Uhr nachmittags fand schließlich, wie im Programm vorgesehen, die offizielle Vorstellung der Studienwoche statt. Bürgermeister und Kulturstadtrat waren ungewöhnlich nüchtern, es dauerte insgesamt etwa zwanzig Minuten. Dann war der wissenschaftliche Leiter der gesamten Initiative an der Reihe, der das weitverbreitete Unbehagen beschrieb, das sich aus den negativen Werten Konsum und Erfolg ergab.

In Wirklichkeit interessierte mich das Thema der Studienwoche, also die *Sinnsuche des individuellen und kollektiven Lebens* – nicht wirklich. Ich wollte einfach für eine Woche von meinem Alltag abschalten. Die Umgebung oberhalb des Touristenzentrums mit dem 2200 Meter hohen Gipfel des Pavione hatte mich immer fasziniert.

Während ich mit einem Ohr den offiziellen Reden zuhörte, folgte ich meinen Fantasien: Ich könnte Gudrun vorschlagen, den Gipfel des Pavione mit der Gunst des Vollmonds zu besteigen, um dann zusammen mit dem Teleskop das Erwachen von Venedig und seiner Lagune zu betrachten.

Abendessen

Sobald ich den Speisesaal betrat, erlitten meine Fantasien eine brutale Enttäuschung. Gudrun saß an einem etwas abgelegenen Ecktisch – ihrem deutschen Professor für Bioethik gegenüber. Sie schien verzückt. Die fünfundfünfzigjährige Gudrun sah aus wie eine Gymnasiastin, die in ihren jungen Lehrer verliebt war. Der Professor – sicherlich 70 wie ich – war ernster und zurückhaltender, aber sich auch sehr bewusst darüber, dass sein Einfluss auf sie nicht nur akademischer Natur war.

2. Tag. Nach dem Abendessen

Die am Tisch geführten Gespräche wurden auf dem Hauptplatz fortgesetzt und auf Gesprächspartner aus unserem eigenen Kurs oder aus anderen Kursen ausgedehnt. Daher waren alle sehr erstaunt, als man Gudrun mit ihrem Trolley über den Platz sausen sah. Sie machte einen sehr aufgeregten Eindruck, während sie noch eine halbe Stunde zuvor wieder ruhig mit ihrem Professor am Tisch gesessen und ihm wie immer mit Bewunderung zugehört hatte. Sie blieb kurz vor mir stehen und sagte zu mir: „Ich gehe, die Sinnsuche ist gescheitert."

Ich war einfach fassungslos und sprachlos. In diesem Moment hatte ich keine Worte, um zu versuchen, sie wieder zur Vernunft zu bringen. Nach einer Weile wollte ich ihr sagen, sie solle sich nicht wie ein Mädchen benehmen, das absolute und sofortige Antworten wollte, und dass sie wissen sollte, wie diese philosophischen Begegnungen waren. Aber als ich bereit war, ihr das zu sagen, war die Zeit abgelaufen. Ich sah ihr Taxi am Ende des Platzes abfahren und sie winkte zum Abschied.

3. Tag. Morgens, die Polizei unterbricht die Studienwoche

Ein Polizist kam herein und sagte: „Meine Herren, es tut mir sehr leid, Ihre Arbeit zu unterbrechen, aber es ist etwas sehr Ernstes passiert. Ein Professor wurde heute Morgen tot in seinem Bett aufgefunden. Die Ergebnisse der Obduktion fehlen noch, aber der Gerichtsmediziner, der die Leiche untersucht hat, ist sich ziemlich sicher, dass die Todesursache eine Vergiftung ist. Alles deutet darauf hin, dass es sich um einen Mord handelt. Und so müssen Sie sich jetzt verhalten: Jeder von Ihnen wird von einem Beamten unverzüglich zu seinem Hotelzimmer begleitet. Sie müssen Ihre Handys und PCs demselben Beamten übergeben, jeglichen sozialen Kontakt unterlassen und abwarten, bis Sie von den Ermittlern zum Verhör vorgeladen werden. Ich wiederhole, Sie müssen unbedingt alleine warten, bis Sie das Protokoll mit Ihren Aussagen offiziell unterzeichnet haben. Die extreme Schwere des Geschehens erfordert, dass wir diese Maßnahmen ergreifen und ohne Ausnahmen vorgehen."

Polizeiverhör

Zwei Stunden später begleitete mich ein Polizist zur Polizeistation. Ein uniformierter Polizist mit sehr italienischem Aussehen ließ mich vor seinem Schreibtisch sitzen und erklärte, dass meine Worte aufgezeichnet würden. Im Hintergrund saßen zwei Herren mittleren Alters, vielleicht Geheimdienstler.

Ich erzählte, was ich wusste, nämlich, dass ich Gudrun zweimal während der Studienwoche getroffen hatte: Am Tag meiner Ankunft, nachdem ich mit ihr mindestens fünfzehn Jahre keinen Kontakt gehabt hatte, und am Abend des Vortages. Ich berichtete, dass Gudrun mir gesagt habe, sie müsse sofort gehen, weil für sie die Sinnsuche gescheitert sei. Ich hätte keine Zeit gehabt, sie um weitere Erklärungen zu bitten. Ich erklärte auch, dass ich keine Ahnung habe, wo Gudrun jetzt lebte oder was sie tat.

Der Kommissar antwortete mir: „Wir wissen, dass Sie, Herr Cadin, über zehn Jahre lang in derselben Stadt wie Gudrun gelebt und gearbeitet haben. Sie waren ein Arbeitskollege von Gudrun, beide Aktivisten in der Gewerkschaft und in einer weit links stehenden Gruppierung. Da das Mordopfer Deutscher und ein enger Freund eines amerikanischen Bankiers war, der kürzlich in der Schweiz ermordet wurde, müssen wir unbedingt die politische Spur untersuchen. Es sieht so aus, als ob beide mit demselben Gift getötet wurden. Gudrun ist natürlich die Hauptverdächtige oder zumindest die Hauptspur, die wir haben. Sie können jetzt gehen, aber denken Sie daran, dass Sie das Hotel bis auf Weiteres nicht verlassen dürfen."

Danach kam ein neuer Zweifel in mir auf: Warum beschränkten sich die Ermittler nicht strikt auf das Stellen von Fragen, sondern gaben so großzügig Erklärungen zum Zusammenhang der Ermittlungen ab?

„Ich muss wachsam bleiben", dachte ich.

Nachmittag

Am Nachmittag sprach ich mit drei Leuten aus der gleichen Studiengruppe wie Gudrun. Keiner von ihnen hatte Gudrun vorher persönlich gekannt und Professor Heidelberger nur durch einige seiner Schriften, die ihm seit den 1980er-Jahren eine gewisse Bekanntheit eingebracht hatten. Bioethik war heute nicht mehr in Mode und interessierte daher Journalisten nicht mehr. Heidelberger war 20 Jahre lang ordentlicher Professor in Bonn, danach war er ein ernsthafter Gelehrter, kein schlauer Baron, der journalistische Moden ritt.

Bezüglich der Beziehung des Lehrers zu Gudrun waren die Seminarteilnehmer alle erstaunt über eine scheinbar langjährige Freundschaft. Ein paar Mal seien sie sogar zusammen spazieren gegangen.

Nachdem ich mich von der Gruppe verabschiedet hatte, dachte ich weiter nach. Erstes Rätsel, die Freundschaft zwischen einem gewissenhaften und rigorosen deutschen Ethikprofessor und einem amerikanischen Finanzhai. Und dann: Was wäre, wenn die Haltung der wahrheitssuchenden Gudrun nichts weiter wäre als eine Deckmaske für ihre Tätigkeit als Agentin im Dienste irgendeiner großen Machtzentrale?

Diese Überlegungen erregten mich so angenehm wie damals, als ich ein junger Spionageleser war und die Welt der Spionage als dunkle Seite des Kampfes um die Weltherrschaft mich faszinierte. Ich hatte sogar darüber nachgedacht, mich an der Moskauer Universität einzuschreiben, um vom KGB angeworben zu werden. Aber die Vorstellung, von der CIA gefangen genommen und gefoltert zu werden, ließ mich aufgeben.

Vorläufiges Fazit: Ich spiele weiterhin die Rolle des besorgten Freundes von Gudrun. Sobald ich nach Hause komme, rufe ich den Tessiner Kommissar an, den Mann meiner Cousine.

Giorgio Gianesini, geboren 1947 in Borgo Valsugana. Seit 2006 Rentner. Vorher hat er 13 Jahre als Bankangestellter und 23 Jahre als Bibliothekar gearbeitet. Seine Hobbys: kleine unmögliche Dinge, wie das Schreiben einer Kurzgeschichte auf Deutsch.

Lorenzos Glück

Es brannte heiß die Eifersucht in Enzo.
Er dacht', er wäre Donnas große Lieb'.
Nun stand's da schwarz auf weiß. Er hieß Lorenzo,
der Mann, der seines Lebensglückes Dieb.

Den abgefang'nen Brief in kalten Händen
versprach er sich: „Das wird mit Blut gezollt!"
Lorenzos Leben wollt' er jäh beenden
vor dem Lokal, wo sie ihn treffen sollt'.

Die Stunde kam. Mit Schrecken er erkannte
den Mann, der Donna so verliebt sah an,
der sich vor ihm und jedem Carlo nannte.
Es war sein Freund und Mafiakumpan.

So eng am Leib Lorenzo Donna spürte.
Den Abzug Enzos Finger sanft berührte.

Wolfgang Rödig lebt in Mitterfels. Er hat seit 2003 mehr als 500 belletristische Kurztexte in Anthologien, Literaturzeitschriften und Tageszeitungen veröffentlicht.

Liebe deinen Nächsten

Neapel, 04.03.2021

Toter am Golf von Neapel gefunden

Gestern Abend wurde eine Wasserleiche im Golf von Neapel geborgen. Bei dem Toten handelt es sich um einen circa 80-jährigen Mann, der keine Ausweispapiere bei sich hatte. Nach den ersten Vermutungen handelt es sich um einen tragischen Unfall, bei dem der ältere Herr von einer starken Windböe überrascht wurde, das Gleichgewicht verlor und in den Golf von Neapel stürzte. Hinweise werden von jeder Polizeidienststelle dankenswerterweise entgegengenommen.

Nicolo und ich haben uns in Neapel kennen und lieben gelernt. Ich kann mich noch gut an unseren ersten Kuss auf der Promenade Via Partenope erinnern. Wir saßen auf einer Bank und blickten in den Sonnenuntergang über den Golf von Neapel, als ich das Gefühl eines Feuerwerkes, eines funkelnden Sterns, einer platzenden Bombe und einfach tausend Schmetterlingen im Bauch spürte.

Tagein, tagaus fühle ich die Sehnsucht in mir, wenn ich an meinen Herzeroberer Nicolo denke. Wir treffen uns nur alle zwei bis drei Wochen, denn ich lebe hier in Neapel und Nicolo in Rom. Doch trotz der über 200 Kilometer weiten Entfernung sind wir glücklich.

Unsere gemeinsame Zeit verbringen wir meist in einem kleinen Hotel am Stadtrand von Neapel. Dort sind wir nur für uns, genießen die Zweisamkeit und die viel zu kurzen Nächte. Doch unsere unendliche Liebe wird durch Constantino gebremst. Constantino ist mein Großvater, mit dem ich schon mein ganzes Leben verbringe, wir machen alles zusammen und sind unzertrennlich. Seit einiger Zeit leidet mein Nonno an Demenz und macht mir unbewusst das Leben schwer. Aber ich bringe es nicht übers Herz, ihn in ein Pflegeheim zu geben, schließlich habe ich ihm mein Leben zu verdanken. Ohne ihn wäre ich heute nicht das, was ich bin.

Als ich vier Jahre alt war, sind meine Eltern bei einem Autounfall ums Leben gekommen. Von da an lebte ich bei meinem Nonno. Er half mir bei

Schularbeiten, brachte mich zum Klavierunterricht, holte mich von der Disco ab und stand mir beim ersten Liebeskummer zur Seite. Constantino war einfach immer für mich da – und genau das muss ich ihm jetzt doch zurückgeben.

Wenn meine Liebessehnsucht nach Nicolo unerträglich ist, suche ich Halt in der Kirche beim Pastore. Dort schütte ich mein Herz aus und suche Trost. Der Pastore versucht, mich immer wieder von einem Pflegeheimplatz für Constantino zu überzeugen, aber ich kann es einfach nicht. Inzwischen sind zwei Jahre vergangenen, in denen ich im Hamsterrad des Alltags gefangen bin und so langsam komme ich an meine körperlichen und psychischen Grenzen. Die ständige Pendelei zwischen meinem Zuhause mit Nonno, meiner Arbeit und den Treffen mit Nicolo sind einfach zu viel. Eines Tages hatte ich während meiner Arbeit einen Kreislaufzusammenbruch und wurde ins Krankenhaus gebracht. Als ich dort erwachte, wurde mir langsam bewusst, dass es so nicht weitergehen kann. Ich muss über meinen Schatten springen, eine Lösung für die Probleme finden und endlich beginnen, mein eigenes Leben zu leben. Gemeinsam mit meiner großen Liebe Nicolo spreche ich über die Zukunft.

Nicolo ist bereit, sein bisheriges Leben in Rom hinter sich zu lassen und zu mir nach Neapel zu ziehen. Dort wollen wir schweren Herzens nun doch einen Pflegeheimplatz für Constantino suchen. Inzwischen braucht er rund um die Uhr Betreuung, die ich einfach nicht mehr leisten kann.

Als ich endlich aus dem Krankenhaus entlassen wurde, wollte ich direkt mit meinem Großvater sprechen. Doch als ich zu Hause ankam, konnte ich meinen Nonno nirgends finden. Nicolo und ich suchten die ganze Umgebung nach ihm ab, ohne Erfolg. Da informierten wir die Carabinieri, gaben eine Vermisstenmeldung auf und es wurde eine große Suchaktion gestartet. Tage und Nächte vergingen, doch mein Großvater Constantino blieb verschwunden. Nach einigen Tagen wurde am Rand vom Golf von Neapel eine Leiche gefunden. Da der ältere Herr keine Dokumente bei sich hatte, wurden alle passenden Vermisstenfälle der letzten Jahre durchgesehen. Die Beschreibung meines Großvaters passte ausgezeichnet auf den gefundenen Mann. Als ich von den Beamten zur Identifizierung abgeholt wurde, ahnte ich Schlimmes. Leider bestätigte sich die Annahme – da lag wirklich mein über alles geliebter Großvater Constantino.

Ich sehe es heute noch bildlich vor mir, seine Haut war ganz fahl, blass, übersät mit blauen Flecken, aber trotzdem sah er friedlich aus.

Ich konnte das alles nicht verstehen und wollte meinen Nonno wieder zurück. Auf den ersten Blick sah alles nach einem tragischen Unfall aus. Die Beamten vermuteten, dass er hat das Gleichgewicht verloren hatte und in den Golf von Neapel gestürzt war. Als seine Kraft nicht mehr ausreichte, um sich über der Wasseroberfläche zu halten, ertrank er.

Doch die Ergebnisse der Obduktion ergaben schon bald andere Informationen, denn mein Großvater war bereits vor dem Sturz ins Wasser erstickt. Die Mordkommission übernahm den Fall und versuchte, den Tathergang zu konstruieren, aber die Beamten tappten im Dunkeln. Es gab keinerlei verwertbare Spuren und so sollte die Akte ungelöst zur Seite gelegt werden.

Da tauchte plötzlich der Pastore auf dem Kommissariat auf und wollte eine Aussage im Fall meines Großvaters machen. Der Pastore konnte es nicht mehr ertragen, mit anzuschauen, wie unglücklich ich war. Nach jedem meiner Besuche bei ihm schmerzte ihm das Herz mehr. Nach seinen unzähligen Versuchen, mich von einem Pflegeheimplatz für Constantino zu überzeugen, wusste er einfach keinen anderen Ausweg mehr, als meinen Großvater ins Reich der Toten zu schicken. Dadurch sollte meinem Glück nichts mehr im Wege stehen. Der Pastore war selbst unsterblich in mich verliebt, doch seine Liebe galt Gott und durfte nicht zu einem irdischen Menschen sein. Er wollte doch nur, dass ich glücklich bin.

Ich war sprachlos, wütend und verzweifelt zugleich. Ich hatte unserem Pastore vertraut. Ohne meinen Großvater fühlte ich mich unvollständig, leer und trotz der Nähe zu Nicolo einsam. Aus unserem gemeinsamen Leben in Neapel wurde erst mal nichts, denn ich brauchte Zeit für mich und zog mich immer mehr zurück.

Das alles ist jetzt ein Jahr her. Ein Jahr voller Trauer, ein Jahr, in dem mir Nicolo noch mehr gezeigt hat, wie sehr er mich liebt. Er hat mich auf Händen getragen, war immer für mich da, gab mir Nähe und schenkte mir gleichzeitig die Freiheit, die ich brauchte. Nun haben wir den gemeinsamen Schritt gewagt, sind zusammengezogen und beginnen ein gemeinsames Leben. Wir lieben uns so sehr, dass wir alles um uns herum vergessen. Auch an den tragischen Verlust meines Großvaters muss ich kaum noch denken, aus diesem Grund habe ich diese Geschichte aufgeschrieben, denn sie ist ein Teil von mir. Doch trotz allem bin ich inzwischen so glücklich, wie niemals zuvor.

Der Pastore übrigens wurde wegen Mordes verurteilt und muss bis an sein Lebensende im Gefängnis sitzen, dabei wollte er doch nur helfen und seinen Nächsten mehr lieben als sich selbst. Aber auch bei der Nächstenliebe sollte man die Liebe zu sich selbst nie ganz vergessen.

Julia Kohlbach, 26 Jahre, wohnhaft in einem kleinen Ort in Thüringen; Hobbys: Lesen, Handarbeiten, Sport, Kreatives Schreiben. Erste Veröffentlichung in der Anthologie „Bücher, die uns bewegten".

Gutschein mit Folgen

Auf halber Strecke zwischen Limones Windsurfeldorado und Desenzanos Einkaufszentren ein schmächtiger, in einer Bergspange der südlichen Kalkalpen eingeklemmter Badeort. Vor steingemauertem, von senkrechter Sonne veredeltem Restaurant eine mir zugedachte Parklücke. Motor abgestellt, Handbremse gezogen, Handy gezückt. Nach etlichen Fehlversuchen ein Freizeichen. „Anita, ich lasse bei Marco einen Tisch für uns freihalten. Das Mittagsgeschäft drängt, eine Reservierung ist obligat. Sagen wir in 20 Minuten?"

„Gib mir eine halbe Stunde, Alberto."

„Okay, wir sehen uns um eins. Ich erwarte dich. Die Speisekarte direkt neben der Eingangstür, das ist unser Treffpunkt."

Schlag 13 Uhr. Von minimalistischen Kilos eingekleidete 180 Zentimeter entsprechen der Person auf dem Foto in meinem Portemonnaie. Es ist Anita. Authentifizierung bestanden!

„Pizza Frutti di Mare."

„Si signore, Pizza mit Meeresfrüchten." Im Beisein engellockengleicher Anita, für die ich Cannelloni mit Spargel ordere, verbiete ich mir Coperto ausschlachtende Unsitten. Grissini in Maßen. Keine Verpackungsruhestätte auf dem Tischtuch. Am Preis fürs Gedeck soll sich keine Rüpelhaftigkeit entzünden. Der wie dortigen Marktständen offen gehaltenen Küche entströmen raffinierteste Kompositionen gepressten Knoblauchs und brutzelnder Öle in riesenhaften Pfannen, die ich in verschwenderischen Atemzügen inhaliere. Aus den Hotelgästen zugänglichen Strandbuchten wehen stoßweise Süßwasserfahnen. Kinder mit Tüten bücken sich um winzige Muscheln, unbemannte, auf sachten Wellen schaukelnde Tretboote, warten auf Reservierung. In eine Jacht mit Sonnenbrillencrew verträumt, beglückwünsche ich mich still lächelnd zu meiner Einfallslosigkeit. Der Beschreibung eines Mannes namens Alberto mit Strohhut und gelb-weiß gestreiftem Hemd. Das bin ich, hatte ich vorhin bei meinem kürzesten Telefonat seit drei Jahren hinzugesetzt.

Mittlerweile sitzt Anita unter dem ausgedehnten Schattenparallelogramm, das uns die Markise überstülpt. An marmorner Tischplatte. Mir schräg gegenüber. Ihre Locken wie Spaghetti eindrehend, von ihnen ablassend, mit schüchtern ineinander verstrickten Händen. Findet sie Worte, die ich ihr nicht in den Mund lege? Wie soll sie den Eindruck gewinnen, es ist ihr Auftritt, sie darf sich vor mir präsentieren! Mein anhaltendes Schweigen macht sie verlegen. Sie beginnt zu sprechen.

„Die steinigen Fußpfade, die zu den Unterkünften im umliegenden Hügelland hinaufführen, sie sind malerisch. Halsbrecherisch die Terrassen jenseits der Küstenstraße. Begradigte Flächen auf verschiedenen Ebenen. So sind diese Häuser angelegt. Siegfried eine Sekunde aus den Augen gelassen, wäre er beinahe der geländelosen Terrasse heruntergefallen. Im Liegestuhl aufgerichtet, um meine Beine einzucremen, sehe ich ihn, bereit zu stürzen ..."

„Wie viele Kinder hast du, habt ihr?"

„Reicht eins denn nicht?"

Von meinem unzweifelhaften Interesse eingelullt, lässt sie sich im Korbsessel zurücksinken. Ihre Fingerspitzen erkunden die Lehnen gleich Landschaften, für die es einer Bezeichnung bedarf.

„Dass wir uns kennenlernen, freut mich sehr." Ihr schnörkelloses, Knie freigebendes Kleid, eine Augenweide in Champagner. Von einem Kollegen ihrer Bekleidungsfirma hat sie den Gutschein bekommen, also muss sie ihn einlösen. Der Grund, weshalb wir bei zwei Gläsern fruchtigen Bardolinos, in Lauerstellung dampfender Pasta und duftender Pizza hier sitzen. Gerichte, die bisher auf langen Ober-Armen an uns vorbeigetragen werden. Dezente Stöße klirrender Gläser. Auf unser Zusammensein!

„Ist dein Mann zu Hause geblieben?"

Sie richtet ihre Augen auf den Granitboden, zögert. „Er ist mit Siegfried beschäftigt, Schwimmzüge im Pool bewundern, die er seit dem Seepferdchen selbstbewusst vorträgt."

„Das Vergnügen ist auf meiner Seite. Erzähl, ich höre ... Hättest du dich bei unserer Agentur beworben?"

„Offen gesagt – niemals. Der Gutschein hat mich dazu gebracht, ihn einzulösen. Hier zu sein, ist mir nicht unrecht, Alberto."

Meine Blicke schwimmen im Strom von Flaneuren in Badelatschen und barbauchigen Strandurlaubern, zoomen sie heran, wie sie die Promenade zum Laufsteg stilisieren. Er fläzt auf seinem Badetuch, ein Journal mit angefeuchteten Fingern durchblätternd, Perücke vom Strandladen obenauf. Eine ihn unkenntlich machende Rarität. Der Gardasee, eine Fanggrube? Ich verdränge den Gedanken, schlage nach einer Fliege im Landeanflug aufs Weinglas. Anita überschlägt ihre Beine. Unverkrampft, beharre ich. Das Aroma aufgeschnittener Zitronen drängt von Nachbartellern in meine Nase. Das Essen, ein Vorgeplänkel unseres, abgesehen von Namen und Telefonat, anonymen Treffens. Wovon Anita ausgeht, darf ich nicht widerlegen. Ich bin Alberto. Irgendwann wippen unsere Messer durch meinen knusprigen Teig und Anitas zarte Füllung. Hie und da quietschen Tellern aufgedrückte Gabeln. Ich halte nach jedem Bissen inne.

„Gehen wir den Strand entlang zu den alten Fischerbooten, liegen gebliebene Kadaver fernvergangener Epochen. Wenn die Promenade ins Wasser fällt, sind wir angekommen." Ich werbe mit Poesie um Anita. Sie wendet sich, heftet ihre türkisenen Pupillen an eine Möwe, wie an ihr zugedachte, niemals ankommende Luftpost, umspielt ihre Lippen mit spitzer Zunge, tastet mit der Stoffserviette ihre rosigen Wangen, als stünden da in Blindenschrift erneute Beteuerungen, ohne Gutschein wäre sie nie hergekommen. Ich streichle ihre feingliedrige, von langen Lebenslinien durchfurchte Hand, die wie ein Stillleben an Körperpartie auf dem Tischtuch verweilt. Ich enträtsele ihre Lebenslinien in augenzwinkernder Parodie von Straßenganoven und Hütchenspielern, die arglosen Kundinnen mit Charme und Schamlosigkeit Geld aus Hosensäcken ziehen, das sie freiwillig geben. Meine komödiantisch dargebrachte Scharlatanerie festigt allmählich ihre Zuversicht, sie könne mir vertrauen. Fisch beiß an, wo wir in Schlagweite des Gardasees sitzen!

Sie drum beten, mir aus der Hand zu fressen? Nicht nötig! Es ist an mir, die Seite zu wechseln, den freien Stuhl neben ihr zu besetzen. Ihr Arm legt sich um meine Schultern.

Der Mann mit Perücke erhebt sich vom Badetuch, geht los. In Anitas Rücken marschiert der augenscheinlich absichtslose Strandtourist. Sein Sommermantel beult sich.

„Ein herrlicher Tag, nicht wahr?"

„Allein, ohne Kinder, stundenweise wunderbar."

„Wir können aufbrechen. Die Rechnung ist beglichen."

Ihre Handtasche diebisch unter die Achsel geklemmt, alle Kleiderfalten zurechtgerückt, frage ich in Inbrunst unseres Kollektivs: „Haben wir was vergessen?"

Sie runzelt nachdenklich ihre Stirn, zuckt in mir Verantwortung abtretender Weise ihre Schultern. „Ich wüsste nicht …"
„Kennen Sie Eduard?"
„Meinen Kollegen."
„Er hat Ihnen den Gutschein geschenkt?"
„Worauf wollen Sie hinaus?"
Unmerklich verfallen wir ins Sie.
„Eduard spielt mit Ihrem Mann im heimischen Tennisklub."
„Das ist mir neu."
„Jetzt wissen Sie's."
„Egon."
Egon mit Perücke. Alles nimmt seinen Lauf. Ich vermute die Mündung an ihrer Wirbelsäule. Anitas türkisene Augen wollen aus den Höhlen fliehen, die sie beherbergen. Ein gleißender Fleck auf champagnerfarbenem Kleid, Musik läuft weiter. Für keinen kurzen Moment Stille der Normalbetrieb unterbrochen. Der Vorfall ertrinkt in einer Masse an Reizen. Ein Wall aus Lärm, an dem Anitas lautloser Schrei verhallt. Ich gehe, Anita bleibt unverändert sitzen. Egon auf ein Boot. Alles wie im Film. Sirenenheulen höre ich im Hotelzimmer, die Rezeptionistin kommt.
„Ein Anruf für Sie."
Egon oder …

Oliver Fahn wurde 1980 in der Kreisstadt Pfaffenhofen an der Ilm im Herzen Oberbayerns geboren. Der 41-jährige Heilerziehungspfleger lebt zusammen mit seiner Frau Andrea und den beiden Söhnen Konstantin und Jonathan in seinem Heimatort. Neben dem Schreiben zählt der Langstreckenlauf zu seinen Leidenschaften. Seine Lieblingsautoren sind Martin Walser und Thomas Bernhard.

Sancus trägt Trauer

Sancus ist der römische Gott der Treue, der Ehrlichkeit und der Eide. Er steht im Garten des Conte Marco del Altogiardino. Nein, natürlich ist es nicht *er*, sondern eine wertvolle Statue aus dem 17. Jahrhundert. Aus dem Familienbesitz der Contessa, wie man sagt.

Gott der Treue? Die Contessa ist dem Mafiaboss Guido Civoglianto treu, der wiederum auch ihr – im Gegensatz zu allen seinen früheren Geliebten – die Treue hält. Der Conte ist seiner Spielsucht treu. Die Contessa ist dem Familienerbe treu und erhält es – auf ihre Art. Zwei junge Leute, die sich oft im Garten aufhalten, sind einander auch treu.

Gott der Ehrlichkeit – nun ja: Der Conte musste wegen seiner Spielschulden die wertvolle antike Sancus-Statue an einen Steingießer verkaufen, der daraus Repliken herstellt. So war der Platz des Sancus mehrere Tage lang leer. Der Contessa fiel das auf, der Conte erklärt es mit *Restaurierungsarbeiten*. Nun steht der wertlose Steinguss des Sancus im Garten. Contessa Silvana meint, dass er irgendwie unecht aussieht.

„Warte ein paar Jahre, sie haben einfach nur die Patina der Zeit entfernt", beruhigt sie Marco. Die Patina der Zeit! Die lag über ihrer Ehe schon lange und deckte die Ehrlichkeit zu.

Gott der Eide – das schon: Beppi Amitrano, der Steingießer, stellt eine Menge solcher Repliken her und hält sich damit an den Eid, dem er seinen Tio Guido Civoglianto geschworen hat. „Ich schwöre bei meiner Ehre, der Organisation treu zu bleiben, so, wie die Organisation mir treu bleibt." Er verkauft deshalb die Repliken nicht nur als Originale, um die Kasse der Organisation zu füllen, sondern stattet einige von ihnen mit einer vergipsten Höhle im Inneren, zum Transport von Drogen, aus.

Und einen Eid hat sich auch ein Pärchen vor dem *echten* Sancus geschworen: „Uns kann keiner trennen!" Und: „Komme, was wolle!", haben sie einander zugeflüstert. Auch Contessa Silvana hat vor einiger Zeit ihre Finger auf ein Kreuz gelegt und einen Eid geschworen.

Der gefälschte Sancus ist zurück. Nur ein Abguss, aber einer ohne Innenleben. Der Conte lässt ihn auf ein Podest stellen, die Figur soll später noch verankert werden. Der junge Tommaso – aus einer nichtswürdigen Familie von Autohändlern, wie der Conte befindet –, trifft sich wie so oft heimlich nachts im Garten mit Emilia, der Tochter des Hauses. Die beiden necken sich und spielen Fangen. Durch eine unachtsame Bewegung kommt die Statue zu Fall, der Kopf bricht ab.

„Wir haben versucht, den Kopf mit Gips zu reparieren, das funktioniert nicht. Was nun?", fragt Tommaso verzweifelt seine Freunde.

Die wissen, dass seit Neuestem immer montagnachts Verladearbeiten solcher Statuen bei Beppi Amitrano stattfinden, und sagen „Übrigens: Heute ist Montag!"

Die Freunde, wie es scheint, echte Freunde, helfen. Alle gemeinsam schleichen ins Gelände des Steingießers und tauschen die zerbrochene Figur gegen eine neue auf einer Ladeplattform stehende aus. Alles scheint gut zu funktionieren, doch unter all diesen Figuren ist offenbar kein Glücksgott gewesen: Sie haben einen mit einer Drogenpackung präparierten Sancus mitgenommen, ohne es zu wissen.

Emilia meint: „Lass uns die kaputte Statue so hinstellen, als sei sie Einladen zerstört worden."

Tommaso, Emilia und die Freunde kommen vorerst ungesehen davon. „Alles wird gut", sagen sie.

Mit abgeblendeten Scheinwerfern und im Leerlauf rollen sie die letzten Meter bis zum Gartentor, das Emilia geräuschlos aufschließt. Es ist stockdunkel in dieser Ecke des Gartens.

„Oh nein!" Tommaso und seine Freunde straucheln beim Abladen des Sancus, weil sie von der Hündin Chiara stürmisch begrüßt werden. Dabei stürzt die Statue von der Ladefläche. Wieder ist es der Kopf, der abbricht. Ein kleines, weißes Bündel fällt heraus. Alle sind ratlos.

Tommaso sagt: „Es stimmt also, dass sie Drogen transportieren." Die Freunde sind doch keine echten Freunde und verschwinden jetzt lieber. Emilia weint, Tommaso tröstet sie.

Verzweifelt vertrauen sie sich der Contessa Silvana an. „Ihr Unglücksraben – irgendjemand wird schon bald die Ladung vermissen!"

Beide wundern sich, dass sie Bescheid weiß.

„Natürlich", sagt sie ernst. „Ich bin schon lang ein Teil der Organisation und hatte die Idee. Was meint ihr, wie es sonst möglich wäre, dass trotz der Spielsucht deines Vaters", sie schaut Emilia an, „das Anwesen noch zu halten ist? Und ich bin es auch, die in der ganzen Provinz das Gerücht ausstreut, dass Beppi Amitrano im Geheimen mit antiken Statuen handelt. In allen Gärten stehen sie und jeder zahlt Unsummen dafür, weil er glaubt, dass er ein Original hat".

„Aber, Mama, die Drogen?" Emilia und Tommaso schauen sie bang an.

„Das ist der eigentliche Teil des Geschäfts. Die werden so durch ganz Europa transportiert: Kunststeinfiguren von Amitrano reisen bis nach Jütland. Die eingegipsten Säckchen riechen nicht. So schlagen die Drogenhunde nicht an."

Treue, Ehre, Eide …

Emilia und Tommaso starren die Contessa an. Sie lacht und umarmt die beiden: „Ihr zwei – ihr verdient es, dass Sancus eines Tages in eurem Garten steht. Und ihr verdient es, glücklich zu sein."

Würden sie nach oben sehen, hätten sie das Blinken der Bild- und Ton-Überwachungskamera gesehen, die der Conte hat installieren lassen.

„Guido, wir haben eine Statue mit Innenleben erwischt. Ich bring dir den Inhalt zurück. Deine Leute sollen den Kunden beruhigen, morgen wird nachgeliefert."

Was Guido Civoglianto sagt, hören die beiden nicht. Die Contessa jedoch gurrt etwas ins Telefon, das wie: „Ich dich auch", klingt.

Am nächsten Morgen kommt Conte Marco del Altogiardino aus der Spielbank. Diesmal hat er so viel verloren, dass er ratlos ist. Nach dem routinemäßigen Check der Aufnahmen aus der Überwachungskamera reibt er sich die Hände und ruft seine Gläubiger an. Das Geheimnis scheint ihm Gold wert zu sein und er will dem verfeindeten Di-Lauro-Clan in die Hände spielen.

„Die Information ist keinen Pfifferling wert und der Informant ist ein geschwätziger Spatz. Ich hasse Spatzen." Die Botschaft vom Boss Paolo an die Clan-Mitglieder ist eindeutig.

Am Telefon erfährt die Contessa noch am gleichen Abend, dass der bedauernswerte Conte unglücklicherweise in der Stadt beim Abendessen an einer Fischgräte erstickt ist. Wo er doch niemals Fisch isst, wie sie weiß.

Der darauffolgende Samstag ist ein regnerischer Tag. Die Gäste machen ernste Gesichter und defilieren im Garten der Altogiardinos an Mutter und Tochter vorbei. Die Contessa trägt einen Schleier – weint sie dahinter oder ist sie gefasst?

Aus der Ferne nickt ihr, mit einer weißen Lilie in der Hand, Guido zu. Mit einer angedeuteten Verbeugung begrüßt er Paolo, den Chef des anderen Clans. Diesmal hat man kooperiert. Das könnte man doch öfter machen?

Emilia steht das Cape aus schwarzem Satin gut, blass sieht sie aus. Wer ist das neben ihr? Sieht er nicht aus wie der Sohn des Autohändlers? Nein, das kann nicht sein in dieser vornehmen Familie.

„Alles ist so stilvoll. Die Altogiardinos wissen, zu leben. Eine Statue dieses Sancus haben sie auch, wahrscheinlich sogar die echte. Und seht mal: Auch er trägt Trauer." Eine Schärpe aus schwarzem Organza ist um den Hals des Sancus gewickelt. Es scheint, als wäre dahinter eine restaurierte Stelle. Aber wahrscheinlich ist das nur ein Lichtreflex an dem wolkenverhangenen Tag.

Maria Lehner, geboren 1954 in Graz/Steiermark, ausgebildete Elementar- und Sozialpädagogin; auf dem zweiten Bildungsweg Studium der Deutschen Philologie, der Psychologie/Pädagogik/Philosophie; Tätigkeit in sozialen Feldern und – mehr als ein Vierteljahrhundert – in der öffentlichen Verwaltung.

Ein Sommerurlauber

Der See glitzert im Sonnenlicht
Ich strahle dem Sonnenschein entgegen
Da erblicke ich dein Gesicht
Und lächele verlegen

Was ist es bloß mit dir?
Jeden Tag warte ich nun am See
Wartete auf dich
Ob im Regen oder Schnee
Alles war vergeblich.

Du warst ein Sommerurlauber
Bist für mich nun fort
Ein Herzensräuber
Lächelst nun an einem anderen Ort

Lia Janocha *wurde in Hamburg geboren. Mit meinen 21 Jahren lebt sie inzwischen seit eineinhalb Jahren in Hongkong und absolviert hier eine Ausbildung als Groß- und Außenhandelskauffrau. Nach ihrem Abschluss möchte sie sich jedoch mehr mit ihrer Passion, der deutschen Sprache, befassen. Mit dem Schreiben von Gedichten hat sie bereits im Kindesalter begonnen, aber habe diese gerne für sich behalten. Die Lyrik hat ihr geholfen, zu der Person zu werden, die sie heute ist.*

Der Rettungsring des Todes
– Tutti rosso

Am Rande der Stadt Napoli wohnte Antonio, den alle nur als Stotter-Toni kannten. Er wurde schon so lange Stotter-Toni genannt, dass niemandem auffiel, wie beleidigend dieser Spitzname war. Toni störte sich nicht daran. Es war vermutlich die beste Tarnung, die er hatte. So unscheinbar und unschuldig Toni aussah, so faustdick hatte er es hinter den Ohren.

Was niemand wusste, Toni war über 17 Ecken mit der lokalen Mafia verschwägert. In der achtkriminellsten Stadt Europas erledigte er für die schweren Jungs leichte Aufgaben, Botengänge, Ausspähungen und dergleichen. Mit seiner roten Vespa gelangte er in jeden Winkel der Stadt. Nicht selten aß Toni Pizza Napoli in Pizzerien, die durch ihren Betrieb Geld wuschen. Jeden Abend wusch Toni seine Hände in Unschuld bei einem Gebet. Er tötete niemanden, er überfiel keinen, er stahl nichts. Woher das Geld für seine Botengänge stammte, interessierte ihn nicht, solange er seine Rechnungen damit abstottern konnte. Er führte bis dahin ein unbeschwertes, gottesfürchtiges Leben.

Eines Tages bekam Toni ein Paket in Tortengröße als Geschenk verpackt, mit der Unterweisung der sofortigen Lieferung. Er sollte dafür nicht länger als eine Stunde unterwegs sein. Daher machte sich Toni sofort auf den Weg. Die Adresse war ihm nicht unbekannt, sie befand sich aber am anderen Ende der Stadt. Er würde ein paar Abkürzungen nehmen müssen.

Seine Vespa hatte eine Gepäckbox, die an heißen neapolitanischen Tagen eine gewisse Coolness bewahrte, so wie Toni für gewöhnlich. Doch heute rumorte sein Magen, ein seltsames Bauchgefühl war das. Vielleicht bloß ein Übermaß an Knoblauchöl am Vortag.

Als Toni die Innenstadt passierte, dabei nahm er verbotenerweise in seiner Eile eine verkehrsfreie Gasse, blieb seine original 1946er-Vespa plötzlich stehen. Einfach so, mir nichts, dir nichts, aus dem Nichts. Damit hatte er nun überhaupt nicht gerechnet, denn die Vespa schnurrte wie ein Kätzchen, seit er sie als Teenager erwarb.

„Damm it", hätte Toni gesagt, wenn er kein Italiener wäre.

„Vai al diavol", entwich es ihm. Auf den Mars damit, denn nun war Toni auf dem Kriegsfuß mit dem Schicksal. Aus der roten Vespa wurde sinnbildlich eine schwarze Katze, die ihm über die Straße lief.

Toni platzierte das Zweirad an einer Laterne, entnahm das Paket und schritt, so schnell es ging. Jedoch war es alles andere als einfach, die engen Gassen der Innenstadt zu passieren. Vor einem Fahrzeug wichen die Leute instinktiv aus. Ein kleiner Einheimischer hingegen ging in der Touristen dominierten Innenstadt an einem Freitagvormittag schnell unter. Das war für Tonis Havarie-Situation treffend formuliert. Die UNESCO Welterbe-Altstadt war stets gut gefüllt, doch Toni hatte dafür weder ein Auge noch einen Nerv. Er bog in eine weniger belebte Gasse ein, sobald es ihm möglich war. Kluge Entscheidung! Es ging zügiger voran.

Als sei die Luft nicht so schon zum Schneiden dick gewesen. Es war brütend heiß und Toni kam zu spät. Ein nicht ausgeführter Botengang hätte den sowieso kleinen Toni einen Kopf kürzer gemacht.

Für einen Moment vergaß er jedoch sein Dilemma. In einem Straßen-Café einer engen Gasse machte eine hübsche Brünette Toni schöne Augen. Und nicht nur das, sie ließ ihm über alle Köpfe hinweg einen Luftkuss zukommen. Nur selten hatte er eine solch attraktive Frau gesehen. Die lockigen langen Haare lagen auf den blanken Schultern. Den Körper zierte ein geschmackvolles rotes Sommerkleid mit Spaghetti-Trägern. Unter dem runden Tisch schmückten elegante hochhackige Schuhe übereinandergeschlagene Beine, von denen eins anzüglich wippte. Sowohl Eros wie auch Ramazzotti kämen jetzt gelegen. Stephen Hawkings String-Theorie schoss für eine Millisekunde durch Tonis Kopf. Dann besann er sich wieder darauf, dass ein echter Schuss im schlimmsten Fall seinen Kopf treffen könnte, wenn er seine Aufgabe nicht erfüllte. Auch wenn die Liebe in allen Kulturen hoch angepriesen wird, unterlag Toni in seiner Situation eher dem Überlebens-, als dem Sexualtrieb. Er zog den pizzagenährten Bauch ein, verzog sein Gesicht zu einem charmanten Lächeln und schritt mit der Attitüde eines Italian Lover an der attraktiven Brünette vorbei. Toni glaubte ein „Ciao" aus ihrem Munde vernommen zu haben. Unter anderen Umständen hätte es der schönste Tag in seinem Leben werden können, doch zum Flirten war einfach keine Luft heute. Er atmete tief durch.

Halbwegs unbeschadet passierte Toni die Innenstadt, mit dem Paket ist er an manch einer Stelle angeeckt. Kollateralschaden! Toni gelang es, eins der begehrten Taxis zu erhaschen, doch es lahmte ...

Mehr oder minder pünktlich erreichte Toni sein Ziel, eine antike Villa am Stadtrand mit einer angrenzenden Halle für Feierlichkeiten der nobleren Gesellschaft. Er kam hin und wieder hier vorbei. Diesmal lief jedoch keine herzzerreißende italienische Musik über die steilen Küsten der Vorstadt. Es spielte ein Akkordeon rote Melodien. Wie rot, sollte Toni gleich erfahren.

Zu allem Elend wurde das Paket zunehmend feucht an der Unterseite. Feucht war auch Toni an sämtlichen Seiten seines rundlichen Körpers, den er mit einem weiten Hemd zu kaschieren wusste. Er ärgerte sich über sein unprofessionelles Auftreten und hoffte, verschwinden zu können, bevor der Wasserschaden entdeckt werden würde.

Doch alles kam wie so oft unverhofft.

Die Stimmung war erwartungsgemäß ausgelassen. Einige Wodkaflaschen waren schon geleert. Einige Dosen Kaviar wurden bereits gelöffelt. Kein Protz hatte gefehlt. Der Wochentag spielte keine Rolle. Es hätte auch Dienstag sein können. Wer nicht zu arbeiten brauchte, unterschied nicht zwischen Werktag oder Wochenende. Wer traditionell drei Tage durchfeiern konnte, pfiff auf convenzione.

Toni wurde herzlich empfangen, denn er brachte ein Geschenk zum schönsten Tag des Lebens, der Hochzeit. Ihm wurde das Paket abgenommen und dem Bräutigam zum Auspacken übergeben. Toni bekam einen gastfreundlichen Wodka gereicht. Wenn es wenigstens Ramazzotti, Grappa oder Limoncello wäre, immerhin kein blutroter Bloody Marry. So sehr Toni flüchten wollte, an den osteuropäischen Jungs in der Tür kam er nicht vorbei. Er war nicht am Steuer, diese Ausrede zog also nicht. Somit musste sich Toni der Gastfreundschaft stellen. Ein Kurzer zur Entspannung konnte nicht schaden. Schließlich hatte er seinen Botengang erledigt. Was konnte jetzt noch schiefgehen? Toni kippte den Kurzen und bekam zur Belohnung einen zweiten. Auf einem Bein kann man ja nicht stehen. Seltsame Bräuche, an einem war Toni gerade beteiligt.

Bei dieser Gesellschaft war es nämlich Brauch, die Braut am Morgen der Hochzeit aus der elterlichen Obhut zu entführen und gegen Lösegeld dem Bräutigam zu übergeben. Die Trauzeugen kümmerten sich um die finanzielle Abwicklung. Das Lösegeld der spielerischen Entführung kam wie alles feierlich Erwirtschaftete nach der Hochzeit dem glücklichen Brautpaar zu.

Was Toni nicht wusste, war, die Hochzeit feierten die schweren Jungs der russischen Mafia. Nur die Braut fehlte noch.

Die schweren Jungs der italienischen Mafia nahmen den Brauch des Raptio zu wörtlich.

Inzwischen war das Paket ausgepackt. Darin befand sich in einem teilweise geschmolzenen Eisblock der Ringfinger einer Frau mit rot lackiertem Fingernagel. Daran steckte ein Ring mit einem Rubin als Edelstein. Der Verlobungsring? Die beigefügte Nachricht war durchnässt und nicht mehr lesbar. Alle schauten auf Toni ...

Den Überbringer der schlechten Nachricht zu töten, war in der Bibel leider schon Brauch. Wie gläubig waren diese Menschen?

Andreas Kraft aka El-o-qu!nte, Jahrgang 1980.

Schwör, wenn du lügst

Anfang November hatten die Touristenströme den Golf von Neapel in alle Himmelsrichtungen verlassen, um, wie die Schwalben, im Frühling zurückzukehren. In den hinteren Häuserreihen einer beliebigen Strandpromenade, wo so mancher Trixter das Pflaster strapazierte, döste das kleine *Albergo Paradiso*.

Aus dem Halbdunkel der Straße beobachtete Bianca Mino Cozza, wie Mino Cozzi am voll besetzten Schlüsselbrett fummelte. Die Hotelbar war zu, die wenigen Gäste alle auf ihren Zimmern. Er rieb sich die Hände, fuhr sich durchs Haar und schaltete auf Nachtbeleuchtung um. Es war kurz nach Mitternacht.

Ein letztes Mal tastete Bianca den Inhalt ihrer Handtasche ab: Da war die Brieftasche mit den letzten Lire kurz vor Monatsende und den Fotos von Michelina und Gennarino, die sie mit dem Hungerlohn großzog, den sie als Zimmermädchen, Bardame und Notnagel für alles im Hotel Paradiso verdiente. Die Schneiderschere, immer griffbereit gegen jeden Scheißkerl, der ihr in überfüllten Bussen an den Hintern grapschte, und der Limoncello-Kuchen, den sie nach Anweisung der Giftmischerin für Mino Cozza gebacken hatte. Sie zog ihr Shirt tiefer über den Busen und stieß mit dem Hintern die Hoteltür auf.

„Buonasera bellissima!" Mit ausgebreiteten Armen hinkte Cozza ihr entgegen und schmierte Küsse auf ihre Wangen. „Ich schließe nur ab, dann bin ich ganz bei dir", hauchte er nah an ihren Lippen.

Ihre Beine schlotterten, ihr Herz raste. Gleich würde sie kotzen. Ruhig, Bianca, ganz ruhig. „Ich geh schon mal in dein Zimmer und mach mich frisch." Sie zeigte zum Kabuff hinter dem Hoteltresen.

„Wozu die Eile, schöne Nachtigall? Die Nacht ist jung. Sie gehört uns."

„Ich habe dir auch was mitgebracht", kam sie säuselnd zur Sache.

„Nur einen Bissen von diesem Kuchen und sein Herz fliegt in die Luft", hatte die teuerste Hexe Neapels ihr versprochen.

„Ohne Spuren?"

„Diskret. Natürlich. Ich schwör's beim Blut des heiligen Gennaro."

Hätte sie nicht schon ihr halbes Monatsgehalt kassiert, Bianca wäre aufgestanden und gegangen. Schwüre waren beschissene Lügen, heuchlerische Schlangen, die sich mit Wahrheit schmücken. Das wusste sie spätestens, seit Carmelo – möge die Madonna ihr seinen Kadaver vor die Tür legen – mit der Nutte vom Schönheitssalon abgehauen und sie und ihre gemeinsamen Kinder im Dreck zurückgelassen hat.

„Auch ich habe eine Überraschung für dich." Cozza schnüffelte an ihrem Ohr, riss sich stöhnend los und schleifte sie hinter sich her die Treppe runter ins Untergeschoss. In der Küche fiel ein spärlicher Lichtkegel auf einen kleinen, gedeckten Tisch: rot-weiß-karierte Tischdecke, gähnende Blumen im Glas, pissgelber Wein in einem beschlagenen Wasserkrug, Petersilie und Peperoncino in einer Untertasse. Dreckige Töpfe auf dem Herd, ein kleinerer, abgedeckt, auf einem Beistellhocker.

„Spaghetti frutti di mare und der beste Wein unter Ischias Sonne. Nur für dich." Mit glasigen Fischaugen kniete er nieder und vergrub den Kopf in ihren Schoß. „Hmmm, gerade abgetropft. Noch ganz heiß."

„Nicht jetzt. Nicht hier." Bianca stockte der Atem.

„Okay, du bist der Boss!" Cozza stand auf und ging mit erhobenen Händen zum Tisch. „Aber du musst schon lieb sein, wenn Mino schweigen soll." Er schob ihr grinsend den Stuhl zurecht.

Sie hätte ahnen müssen, dass Cozzas Spinnengesicht, das über jedem ihrer Schritte, jedem ihrer Handgriffe atmete, gesehen hatte, wie sie aus Not in die Hotelkasse griff. Achthunderttausend Lire Beute, einhundert mehr, als ihr sauberer Chef ihr seit Monaten schuldete. „Ich war nur kurz den Müll wegbringen, Signor Paradiso. Als ich zurückkam, war das Geld weg", beteuerte sie. Gegenbeweise hatte Paradiso nicht. Sollte er an seinen Zweifeln ersticken. Und Cozza am Giftkuchen!

Letzterer bediente sich gerade in ihrem Ausschnitt.

„Essen, lass uns essen." Wild kramte sie in ihrer Tasche nach dem Nachtisch.

Perlen legten sich um ihren Hals. Bianca starrte auf die Kette. Noch nie hatte ihr jemand Schöneres geschenkt. Cozza tänzelte zu seinem Platz und hob den Deckel vom Topf. Es duftete nach Knoblauch, frischen Kräutern und einem unbeschwerten Sonnentag am Meer. Bianca hörte ihre lachenden Kinder aus dem Sandschloss nach ihr rufen: „Maaammaaaa, koommm."

„Iss endlich!" Cozza schmatzte und soff schon ungeduldig.

Endlich riss sie die Kuchentüte aus der Tasche. Die Schere flog durch die Luft. Wie gekreuzte Schwerter lagen die Klingen auf den Fliesen.

„Für mich? Tst, tst, tst." Cozza sprang auf, stellte sich hinter sie und presste sie gegen die Stuhllehne. Seine Schweißhand fingerte in ihrem Büstenhalter und rieb heftig an den Brustwarzen. „Na los, zeig Mino dein Zuckerdöschen. Ich zahle schließlich für meinen Spaß."

„Carmelo", schoss es ihr durch den Kopf. „Wie Carmelo!" Mit der Kraft eines verwundeten Stieres sprang sie hoch und knallte mit dem Kopf unter Cozzas Kinn.

„Aaaahhhhhh." Er prallte rücklings zu Boden und hielt sich den Schädel.

Auch ihrer brummte, als sie die Schere ergriff und sich auf ihn schmiss. Sie zerrte ihn an den Haaren und drückte ihm die Dolche an die Gurgel. Die Perlenkette baumelte um ihren Hals.

„Ti amo, Bianca", flüsterte er.

Ihre Hand zitterte. Sosehr sie diese hinkende Gestalt, die sie durch die Zimmer verfolgte und um sie herumschlich, wenn sie die Betten machte, verabscheute, er tat ihr auch leid. Was ging in einem Mann vor, dem als Kind der brutale Vater die Zehen zerschmettert hatte, weil er nach einem langen Tag auf der Weide mit einer lahmen Ziege nach Hause zurückgekehrt war?

„Na los, stich zu, sind ja nicht meine Bälger, die vorm Zuchthaus schluchzen."

„Gewonnen, du Schwein! Iss zu Ende, dann bringen wir es hinter uns."

Während sie das saubere Gedeck in den Schrank räumte und ihre Spuren verwischte, lag Cozzas verrecktes Gesicht im Teller. Der Kuchen war verputzt. Schnell noch die Nelken in die Tasche. Ein letzter Panoramablick. „Addio, Mino Cozza. Mach's gut."

Niemand hatte sie angerufen an ihren freien Tagen. Sie strich ihre Bluse glatt und stieß mit dem Hintern die Hoteltür auf. Vier Köpfe drehten sich nach ihr um.

„Da! Sehen Sie! Sie wars! Verhaften Sie diese Frau!" Eine Signora stand zwischen zwei Carabinieri und zeigte auf sie.

„Nein. Ich wars nicht. Ich schwör's."

„Sind Sie sich ganz sicher, Signora?", fragte einer der Polizisten.

„Möge ich auf der Stelle verbrennen, wenn ich lüge."

Die Signora bekreuzigte sich und stürzte in Biancas Richtung.

„Beruhigen Sie sich, Signora, ICH erledige das!", rief Signor Paradiso. Als er mit drohender Miene vor Bianca stand, hatte die Signora sie bereits am Hals gepackt und sich die Perlenkette geschnappt.

Was sollte das?

„Schluss mit Märchen", brüllte Paradiso Bianca an, „du lügst. Und nicht zum ersten Mal!"

„Nein, Signor Paradiso. Cozza, er ...“

„Basta! Mino war ehrlicher als ein Stück Brot!"

Was? Tot? Das war die zurechtgelegte Platte, die in Biancas Kopf lief. Sie sagte nichts.

„Nehmt sie mit", sagte Paradiso zu den Carabinieri, „mein Hotel ist kein Diebesnest!"

„Nein! Bitte! Signora! Meine armen Kinder!"

„Lasst sie laufen", sagte die Signora. „Für diese armen, unschuldigen Kreaturen."

„Entscheidet euch!", brüllte der kleinere der beiden Carabinieri und riss sich schnaubend die Mütze vom Kopf. „Sollte ich euretwegen das Heimspiel gegen Milan verpassen, dann verhafte ich euch. Alle!"

„Signor Paradiso, ich war es nicht. Ich schwöre es! Cozza, er ...“

Paradiso schüttelte den Kopf. „Mino Cozza kann dich nicht mehr decken, Bianca. Er ist tot. Fischvergiftung. Bedank dich bei der Signora und verschwinde!"

Carmela Casamonti *wurde in Kampanien geboren und pendelt seit ihrer Kindheit zwischen Italien und Deutschland. Nach Stationen im Sauerland, in Rom und in Umbrien lebt sie heute in Bonn. Ihrer Liebe zum geschriebenen Wort verleiht sie durch kurze Geschichten Ausdruck. Meistens mit einem Augenzwinkern.*

Napoli, im Guten und Schlechten

Napoli und seine charmanten Männer,
Männer, die leicht erobern,
erobern mit Blumen,
Blumen und Pralinen,
Pralinen mit Grüßen,
Grüßen aus Italien,
Italien mit Leidenschaft,
Leidenschaft des Seins,
Seins und ihres,
ihres Wollens,
wollens sie zu erobern,
erobern zum Mord,
Mord in Napoli,
Napoli der Leidenschaft,
Leidenschaft des Ermördens.

Monika Spiess, *geboren 2001 in Berlin. Als Kind äußerst schüchtern in Berlin, als Erwachsene äußerst selbstbewusst in Almeria. Autorin von 56 Buchveröffentlichungen, Dichterin, Model, Unternehmerin, Designerin.*

Assassinio S.r.l.

Giulia knetete auf den ledrigen Armlehnen des Stuhles herum. Sie waren kalt und gaben etwas nach. Ihr war nicht wohl bei der Sache, aber es musste sein. Es war ganz allein seine Schuld. Hätte er die Finger von diesem Flittchen gelassen, dann säße sie nicht hier. Dann wäre alles gut.

„Signora Ricci, bitte in Raum zwei", hörte sie eine krächzende Stimme aus einem Lautsprecher. Sie sah noch einmal die verweinte Dame, die ihr quer gegenübersaß, an. Was hatte man ihr wohl angetan?

Dann stand sie auf.

Die Tür zu Raum zwei war angelehnt. Sie klopfte zögernd an.

„Herein", sagte eine warme Männerstimme zu ihrer Verwunderung.

„Oh, hallo", fing Giulia an, „Ich hatte eine Frau erwartet, weil ... ja, weil ..."

„Weil?", fragte der Mann lächelnd zurück, „Guten Tag. Nun nehmen Sie doch erst einmal Platz." Der Mann wies auf den Stuhl gegenüber seinem Schreibtisch. Etwas verwirrt schloss sie die Tür und trat in das helle, lichtdurchflutete Zimmer.

Der Raum ähnelte einer Arztpraxis aus dem vorigen Jahrhundert. Regale mit alten Büchern, ein Globus auf dem Sideboard und Modellautos, die auf den Fensterbänken verteilt standen, waren zu entdecken. Der Rest des Agenturbüros war schlicht gehalten, aber strahlte keinesfalls Kälte aus.

„So, Signora ... Signora ...", fing der Mann an und sah auf seinen Terminkalender, „Signora Ricci, da haben wir's. Wie kann ich Ihnen denn nun helfen?"

Der junge Mann hatte einen gepflegten Zehntagebart und trug eine schwarze Hornbrille. Er hatte ein blau-kariertes Jackett an. Der oberste Hemdknopf war geöffnet, was ihn locker wirken ließ.

„Sehr hübsch. Nicht so alltäglich", dachte sie bei sich. „Es geht um meinen Freund ...", begann sie und korrigierte sich dann, „Ex-Freund, besser gesagt. Um den geht's."

Der Mann lehnte sich zurück. „Ich sehe schon", sagte er und schmunzelte. „Der Klassiker. Ist sie jünger?"

Giulia sah ihn verwirrt an. „Wer jetzt?", fragte sie.

„Die neue Flamme des Ex-Freundes. Oder einfach ein Tapetenwechsel?", fragte er grinsend und hob entschuldigend die Hände, „Es tut mir leid, Signora Ricci. Aber das bringt die Arbeit in dieser Agentur mit sich. Eine Liebe, die in die Brüche geht, ist in meinem Geschäft keine Seltenheit. Und genau deshalb die Frage: Ist sie jünger? Weshalb hat er sie ausgetauscht? Denn das kann uns Aufschluss über das weitere Vorgehen geben."

Sie brauchte einige Sekunden, um das Gesagte zu verarbeiten. Der Mann nickte ihr aufmunternd zu.

„Also …", fing Giulia an. „Ich würde nicht sagen, dass sie jünger ist. Sondern vielmehr … ich weiß nicht, wie ich es sagen soll …" Giulia wusste nicht, ob sie gleich anfangen sollte, zu weinen oder aus Zorn und Selbstmitleid zu schreien.

„Immer raus damit", forderte der Mann sie auf. „Dafür sind Sie hier."

„Na gut", begann sie und merkte dann, wie sie nun doch wieder sauer auf ihren Ex-Freund wurde. „Der hat mich vor Kurzem betrogen mit so einem billigen Ding. So eine saublöde Kuh, die nicht mal bis zehn zählen kann. Und wissen Sie, wo er die kennengelernt hat? In meinem Yoga-Kurs, als er mich mal abgeholt hat. Wenn ich die in die Finger kriegen würde, dann …" Sie trank einen Schluck Wasser aus dem Glas, das der Mann ihr während des Gesprächs beiläufig hingestellt hatte. „Aber er hätte sich einfach im Griff haben müssen. Dieser Idiot. Tausendmal hat er mir gesagt, dass er mich liebt!", wurde sie lauter. „Und dann das!" Sie schnaufte.

Der Mann stütze sich auf den Tisch und sah sie an. „Gut. Sehr gut haben Sie das gemacht", sagte er. „Das hilft Ihnen und mir weiter. Vor Kurzem ist es passiert, sagen Sie? Das heißt: Sie müssen noch nicht lange leiden." Er fing wieder an zu grinsen. „Dann soll er es auch nicht." Der Mann stand auf und lief zu dem Regal, das direkt hinter ihm stand. Er ging mit dem Finger über die Ordner und zog einen heraus. Auf diesem war die Aufschrift *K & S* zu erkennen.

„So, Signora Ricci", sagte der Mann und legte den Ordner vor ihr auf den Tisch. Er nahm mehrere Dokumente aus dem Drucker und legte diese daneben. „Hier kommen wir zunächst zu dem ganzen Papierkram. Verpflichtungen unsererseits und ihrerseits. Wie das nun mal bei Verträgen so ist", meinte er und sah den skeptischen Blick seiner Kundin. „Das müssen wir leider davor machen, sonst geht's nicht weiter."

Sie zog die Augenbrauen hoch. „Muss ich mir das durchlesen? Das ist verdammt viel. Das hat Martina nicht erwähnt …", sagte sie und ihr Blick wurde noch misstrauischer.

„Martina … wer?", fragte der Mann.

„Martina Bianchi. Die hat Sie mir ja empfohlen", meinte Giulia.

Der Mann klatschte in die Hände. „Ja, das freut mich aber. Kundinnen werben Kundinnen", sagte der Mann entzückt. „Sehen Sie mal, so schlecht scheinen wir dann ja gar nicht zu sein. Und dafür gibt es auch einen Rabatt."

Giulias Blick hellte sich auf. „Ach, echt?", fragte sie nach.

„Ja, aber natürlich", antwortete der Mann nickend und hielt ihr den Kugelschreiber entgegen. Sie nahm ihn.

„Wo jetzt?"

Der Mann deutete auf den rechten unteren Seitenrand und sie unterschrieb. „Links bitte noch Datum und Ort eintragen", sagte er und sah auf seinen Tischkalender, „Heute ist der 8. November."

Giulia unterzeichnete den Vertrag und schon zog der Mann das Blatt weg. Er klappte den Ordner auf. „Wie ich herausgehört habe, fällt ihr Ex-Freund in die Kategorie – und Sie können mir glauben, ich kenne mich schließlich aus – kurz und schmerzlos." Er deutete auf eine Seite im Ordner. „Nicht erschrecken. Das sind alles nur Beispielfotos und somit nicht echt", beruhigte er seine Kundin. „Also, das hier wäre zum Beispiel eine Möglichkeit. Ich würde es als den großen Klassiker bezeichnen. Allerdings ohne Knalleffekt bei uns, denn wir arbeiten stets mit Schalldämpfern. Ein Schuss in der Dunkelheit und das wars. Kein Leiden. Nichts. Die günstige Variante sieht hier allerdings vor, dass er nicht entsorgt wird. Etwas teurer würde es natürlich werden, wenn er auf Nimmerwiedersehen verschwindet."

Giulia schauderte und sah sich das Bild an. Überall war Blut. Sie schluckte hörbar und der Mann befürchtete, dass er sie langsam verlor. „Sollen wir vielleicht einfach mal weiterschauen?", bot er ihr an.

Sie nickte, ohne etwas zu sagen. Der Mann blätterte um. „Das hätten wir noch. Wird auch immer mal wieder genommen. Die Giftkapsel", erklärte er. „Eine Variante, die etwas mehr Einsatz erfordert. Aber wie nimmt er das Gift ein, fragen Sie sich bestimmt, oder? Dafür haben wir meine Kollegin im Außendienst. Adriana ist bekannt für ihre sorgfältige Arbeit. Da kommt keiner lebend raus." Der Mann zwinkerte Giulia zu und fing an, zu lachen. „Ihr Freund würde einen netten Abend mit ihr verbringen", fuhr er fort. „Ein Zusammenstoß in der Fußgängerzone. Eine Entschuldigung mit einem Drink am Flussufer. Und mir nichts, dir nichts war es das für ihn."

Giulia sah auf den Globus, der im Sonnenlicht glänzte. Sie versuchte, nachzudenken. Das hörte sich nicht nach dem an, was sie sich vorgestellt hatte. Vielleicht sollte sie einfach noch mal mit Matteo, ihrem Ex-Freund, reden. „Ich glaube", fing sie an, „Ich glaube, ich lasse es erst mal. Ich muss mir das überlegen."

„Sind Sie sich sicher?", fragte der Mann und sein Grinsen verschwand. „Sie wissen, was Sie unterschrieben haben?"

„Ja, ja … ich muss es mir überlegen", stotterte Giulia und nahm ihre Tasche. Ihr wurde es zu unheimlich. Wo war sie nur gelandet? „Ciao", sagte sie leise und stürmte zur Tür heraus.

Der Mann sah ihr einige Sekunden hinterher und griff dann kopfschüttelnd zum Telefonhörer.

„Adriana?", fragte der Mann in den Hörer. „Übernimmst du das? Genau, wir haben hier wieder mal eine 31."

Alexander Da Re, *geboren 1997 und wohnhaft im hessischen Niedernhausen, ist gelernter Industriekaufmann und Verwaltungsfachangestellter. Er ist Preisträger des Jungen Literaturforums Hessen-Thüringen im Jahre 2019 und veröffentlichte seine Kurzgeschichten „Fokus" in der Anthologie „Nagelprobe 36" und „Lilly" in der Textsammlung des „7. Bubenreuther Literaturwettbewerbes". Des Weiteren fand seine Kurzgeschichte „Rache ist nicht immer süß" den Weg in die Weihnachts-Anthologie „Gesegnete Feiertage und schlimme Geschenke".*

Sizilianische Eröffnung

High Noon in der italienischen Provinz.

Mit dem Rücken angelehnt, das rechte Knie wie zum Angriff aufgestellt,
ein Hauch von Zunge zwischen den grünen Lippen:
La mantide religiosa.
Ihr Mini brennt ein rotes Dreieck in die Wand der kleinen Bar.
Augenglut unter schwarzen Strähnen.
Langsam führt sie das Glas zum Mund, in dem die Eiswürfel klirren.

Im Schatten des Hauses gegenüber, ein junger Mann.
Er schaut.

Wer macht den ersten Zug?

Michael Köhler, *Baujahr 1959, Finanzwirt und Autor von Texten in badischer Mundart, Comic-Strips und Lyrik in Standardsprache. Diverse Veröffentlichungen in Anthologien und Literaturzeitschriften.*

Perfekter Gentleman

Ich habe mir diesen Abend ganz anders vorgestellt, aber eigentlich ist er meisterhaft gewesen. Wenn man es genau nimmt, ist er seit unserem Kennenlernen geradezu der perfekte Mann. Schon als ich die Lobby des Hotels nach dem Ankommen betrat, fiel mir dieser Mann auf. Seine blauen Augen waren wie ein Magnet für mich. Am selben Abend haben wir bereits die ersten Stunden zusammen verbracht.

Die Woche ist wie ein kleiner italienischer Traum gewesen. Von romantisch bis leidenschaftlich hat er alles abgedeckt. Heute ist mein letzter Abend in diesem Land, zumindest ist das mein Gedanke. Nun bezweifle ich, dass ich hier je wieder herauskomme.

Als wir aus dem kleinen Restaurant gekommen sind und er mich zum Hotel begleiten wollte, habe ich noch gekichert. Allerdings ist mir dies ganz schnell vergangen, als neben uns ein schwarzer Transporter gehalten hat, fünf Männer herausgesprungen und auf uns zu gelaufen sind. Unsanft haben sie mich am Arm gepackt und zu Boden geschubst. Wäre ich doch lieber dortgeblieben. Aber das ist nun mal nicht meine Natur. Ich bin aufgesprungen und habe mit meiner Handtasche auf die Männer eingeschlagen. Ein weiterer Schubs, den ich abgefangen habe. Das hat ihnen nicht gefallen. Einer hat mich an der Hüfte gegriffen und mit in den Transporter geworfen. Unsanft drückt mich dieser mit dem Knie auf den metallenen Boden.

„Aua!" Ein Schrei bricht aus mir heraus, als mir eine Spritze gesetzt wurde. Ich habe keine Kraft mehr aufbringen können, die Augen offenzuhalten.

Und jetzt sitze ich hier an eine Heizung gefesselt in einem Keller. Meine Handgelenke tun mir schon weh. Ich fluche, schreie und bettele. Aber ich bleibe allein in diesem abgedunkelten Raum. Innerlich koche ich vor Wut. Derjenige, der mir das hier angetan hat, muss froh sein, wenn ich ihn nicht erwische. Immer mehr steigere ich mich herein, sodass das Blut meinen Armen entlang tropft.

Schritte sind zu hören. Ich presse meine Lippen aufeinander. Die Tür geht auf. Er sagt zu mir etwas. „Ich verstehe dich nicht", fauche ich zurück.

Grob greift er an mein Kinn, sodass ich ihm in seine hässliche Visage sehen muss. „Deutsche?"

Ich trete aus und treffe ihn am Oberschenkel. „Ja", knurre ich ihn an.

Missbilligend schnaubt er, bleibt aber da sitzen, wo er gelandet ist.

„Mach mich los!", zische ich zwischen meinen Zähnen hindurch.

„No."

„Was heißt hier Nein?"

„Du hättest lieber ruhig bleiben sollen, statt deinen Mann zu verteidigen." Sein Deutsch ist gut für so einen italienischen Dreckskerl.

„Er ist nicht mein Mann und gerade würde ich ihm am liebsten mit meinen Stilettos in den kümmerlichen Arsch treten, als noch mal mit ihm ins Bett zu gehen." Seine dunkelbraunen Augen mustern mich.

„Mach mich endlich los und lass mich gehen!"

„No."

Nun schreie ich es heraus und trete nochmals nach ihm.

Lachend rutscht er aus meiner Reichweite. „Ich könnte fast denken, du bist doch eine waschechte Italienerin."

Nun kommen allerhand Beleidigungen aus meinem Mund und das schneller, als ich je schlagen könnte. Diese Typen gehören nicht zur harmlosen Sorte und sind definitiv unterste Schublade. Und was macht er? Er lacht mich einfach weiter aus. Das macht mich noch wütender.

Ein zweiter Mann erscheint im Türrahmen. Im Gegensatz zu dem Lachenden hat er eine Skimaske auf. Er sagt etwas.

Tief holt der lachende Mann Luft. „Puh, also entweder ist sie eine verdammt gute Schauspielerin oder sie weiß wirklich nicht, mit wem sie da ins Bett gegangen ist."

„Mario heißt der Arsch. Was interessiert mich mehr? Ich will ihn ja nicht heiraten", knurre ich. „Und ihn werde ich treten, doch bei Weitem nicht so harmlos wie dich."

Der mit der Maske sagt wieder etwas.

„Nein, sie versteh es nicht. Schau sie dir doch an. Nichts weist darauf hin, dass du sie gerade beleidigt hast."

„Er hat was?", schreie ich und versuche, ihn jetzt mit meinen Füßen zu erreichen. „Komm her, du verdammter Kerl."

„Nicht witzig, Petro", brummt der mit der Maske. Warum er auf einmal in Deutsch redet, weiß ich nicht. „Der Boss will, dass du sie hochbringst."

„Sag ihm, dass ich diese Furie definitiv nicht anfasse, solang sie nicht betäubt ist."

„Wirst du mit ihr nicht fertig?"

Ich spucke in Richtung des Maskierten. „Trau dich doch!"

Im gleichen Moment, als er auf mich zustürmt, hebe ich mein Bein und es landet zielsicher da, wo es Männer gar nicht gernhaben. Er geht sofort in die Knie und jammert. Das Problem ist jedoch, wenn man auf den einen achtet, bekommt man den anderen nur im Augenwinkel mit. Seiner Faust kann ich gerade noch ausweichen, sodass diese krachend in der Heizung landet. Er flucht auf Italienisch. Das wiederum verstehe ich sehr gut und reagiere trittsicher.

Ein Lachen an der Tür lässt mich aufsehen. „Du Bastard kommst gerade richtig. In was für eine verfluchte Scheiße hast du mich hineingeritten", presse ich zwischen meinen Zähnen hindurch.

„Jungs", sagt er aber nur und hinter ihm erscheinen andere Männer, die sich um die beiden kümmern. Langsam kommt Mario auf mich zu und geht in die Hocke. „Ich schätze dein Temperament. Aber solltest du mich treten, werde ich nicht zögern, dich hier unten vergammeln zu lassen."

„Das würdest du nicht wagen!"

Er beugt sich etwas vor. „Ich habe gerade da oben zehn Männer erschossen und du denkst wirklich, dass du mehr wert bist?"

„Denkst du", antworte ich zwischen den Zähnen hindurch, „dass ich mir das hier gefallen lasse? Ich bin deinetwegen hier gefesselt, ich blute und dafür werde ich dir wehtun!"

„Sophie, es ist eine einfache Rechnung, ich mache dich frei und du bist dankbar. Oder du bleibst hier und stirbst."

„Einfache Rechnung!", fauche ich ihn an. „Ich werde meine Rache bekommen und wenn ich dich als Geist heimsuche. Also lass mich dir in deinen Arsch treten und ich bin befriedigt."

„Das glaube ich weniger", sagt er mit einem lasziven Grinsen auf den Lippen.

„Du bist ein scheiß verdammter Kerl."

„Boss?", mischt sich einer der anderen ein und zeigt auf diesen Pedro und den anderen.

„Bringt sie nach oben und erledigt sie." Er blickt wieder zu mir. „Ich kann nichts dafür, dass dies dir passiert ist, Sophie."

„Klar, weil du ja auch so artig bist."

„Dir hat es eigentlich gefallen." Wieder grinst er und seufzt anschließend. „Eigentlich herrscht gerade Frieden zwischen uns und den Babieri. Ich konnte nicht ahnen, dass sie wieder meinen, aufzumucken zu müssen und meinen, sich unseren Bezirk unter den Nagel reißen zu wollen."

„Toll, ein Mafioso, und ich dachte, einen anständigen Gentleman zu bekommen", brumme ich.

„Sei einfach artig", spricht er weiter, ohne darauf einzugehen.

„Du bekommst deinen Tritt früher oder später, das schwöre ich dir."

Er steht auf. „Dann musst du hierbleiben."

„Schön, dann verpiss dich endlich, ich kann deine Visage nicht mehr sehen!" Er geht zur Tür und verschwindet tatsächlich.

„Du bist ein feiges Arschloch", schreie ich ihm hinterher. „Nicht Manns genug, sich mal eine einzufangen. Scheiß Macho!" Ich brülle weiter, bis meine Stimme rau ist, aber meine Wut verraucht nicht.

Eine Lampe strahlt mir ins Gesicht. „Hey", brumme ich verschlafen.

„Ich hätte nicht gedacht, dass du noch hier bist", höre ich die Stimme von Pedro.

„Weil er feige ist", krächze ich. „Du lebst noch?"

„Konnte mich befreien und fliehen." Er beugt sich vor.

„Aua", wimmere ich, als er die Handschellen berührt.

„Musst du aushalten, wenn du frei sein willst."

„Ich will Rache!"

„Gut."

„Warum?"

„Weil mein Boss dir ein Angebot zu machen hat."

Endlich frei. „Solang ich dem Wichser in den Arsch treten kann, gerne."

„Dann haben wir einen Deal."

Luna Day *wurde 1982 in Wertingen geboren und wuchs in Augsburg auf, wo sie immer noch mit ihrem Mann und ihren zwei Kindern lebt. Ihre Liebe zum Schreiben entdeckte sie durch Harry Potter und Roll-Play-Games. Sie tippt Kindergeschichten, aber auch Fantasy- und Liebesgeschichten.*

rosa

ich liebe dich
sagst du
du lügst
in warmer sommerhitze büßt
mein herz geträumte leben
mit dir wollt ich die welt umsegeln
ohne sorgen ohne regeln
einfach du und ich
im rosaroten dahlienfeld
fällt auf mich die ganze welt
und da begreife ich
wurzeln schlagend knie ich nieder
und denke immer und immer wieder
während ich im meer versink
langsam seicht verschwinde ich
so wirst du leben ohne mich
ab jetzt und für immer
ein letzten strauß den schick ich dir
die letzten rosa grüße von mir
mit dahlien aus italien

Lara Gebert *wurde 2002 in Nürtingen geboren. Sie studiert Deutsch und Psychologie auf Lehramt. Neben der Schule singt und spielt sie in Musicals. So hat sie auch schon bei größeren Produktionen mitgewirkt. Außerdem schreibt sie Gedichte und Texte.*

An der Treppe

Sie hat es übertrieben mit dem Schminken. Federico wird eine Bemerkung darüber machen, wird die Oberlippe hochziehen, in gespielter Ablehnung. In Wirklichkeit wird es ihm gefallen. Zufrieden streicht sie sich die Haare hinter das Ohr, betrachtet sich im Spiegel. Der neue Lippenstift steht ihr, ein dunkles, sattes Rot – wie Blut. Sie lächelt, schwingt herum. Leise, nur leise jetzt, sonst werden sie sie aufhalten, werden sagen, sie darf heute nicht mehr ausgehen, sie zurück in ihr Zimmer schicken. In der Küche läuft der Fernseher, Publikum applaudiert, es riecht nach Rauch und verbranntem Fett. Sie hatten Polpette zum Abendessen. An der halb geöffneten Küchentür vorbei eilt sie in den Hausflur und schlüpft auf die Straße.

Ein paar Mädchen stehen vor Zizzos Bar, plappern und juchzen, teilen sich eine Zitronengranita und üben Choreografien. Jungs flitzen auf Rollern herum, bremsen ab, dass der Grant spritzt, versuchen, Eindruck zu schinden. Wie kindisch sie sind mit ihren Shorts, den dünnen Beinen, den zu dicken Turnschuhen. Lauter rotznasige Angeber, die sich für Könige halten. Schwer vorstellbar, dass Federico jemals wie sie gewesen ist. Wahrscheinlich ist er das auch nicht. Wahrscheinlich ist er schon in Leinenhosen und mit silberner Rolex zur Welt gekommen, fließend, dialektfrei sprechend.

Vom Meer weht ein warmer Wind. Am Wochenende wird Federico sie auf seine Jacht mitnehmen. Nach Capri werden sie segeln, nach Ischia. Sie wird ihm ihren neuen Bikini vorführen, Pariser Rot mit brasilianischem Höschen. In der blauen Grotte werden sie sich küssen, ein wilder langer Zungenkuss, bis die Touristen in ihren Booten klatschen und pfeifen und sie auf Deutsch und Englisch anfeuern werden.

Sie läuft die Gasse hinunter. Von den Plakaten an den Wänden starren die Toten, ihre Gesichter zum Teil schon verblichen, abgerissen, halb überklebt. In einem Votivaltar schimmern bunte Glühbirnen. Sie denkt an Edelsteine, an den Schmuck im Schaufenster des Juweliers an der Piazzetta Orefici. Federico wird ihr dort einen Ring kaufen. Sie hat Andeutungen gemacht, hat ihm zu verstehen gegeben, dass sie bereit ist, selbstverständlich nicht zu offensichtlich. Nicht wie Violetta Schweinenase, die so wahnsinnig war, ihn zu fragen, ob er mit ihr gehen will. Ausgerechnet Federico! Natürlich hat er Nein gesagt, hat sie ausgelacht. Was für eine Blamage! Violetta behauptet, sie hätte ihn gefragt, weil er sie gebumst hat, auf einem Stapel Mehlsäcke hinter der Bäckerei. Violetta behauptet alles Mögliche, ist nicht nur hässlich, sondern auch nicht ganz richtig im Kopf. Ihre Mutter hat versucht, sie nach der Geburt in der Badewanne zu ertränken. Der Vater kam im letzten Moment. Würde sie nicht diesen Unsinn über Federico erzählen, könnte sie einem fast leidtun.

An der Panetteria Sconamiglio biegt sie ab. Vor Violettas Fenster im ersten Stock sind die Läden zugezogen. Ihr Vater scheucht sie jeden Morgen um vier in die Backstube hinunter zum Helfen.

Die Treppe liegt im Dunkeln, drückt sich zwischen die Häuser wie ein scheues Tier. Ein altes Tier mit krummen, bröckelnden Zähnen. Stufe für Stufe steigt sie hinauf. Inzwischen hockt die Nacht über den Dächern. Sie muss aufpassen, nicht abzurutschen, kann die Stufen kaum noch erkennen. Eine Sirene heult, ein Hund fängt an, zu jaulen, es riecht nach Waschmittel und feuchten Mauern. Sie bleibt stehen, um zu Atem zu kommen. Ihr Herz schlägt zu schnell. Wo ist Federico?

Sie wühlt in der Handtasche nach einem Tuch. Ihre Knie zittern. Ihre Finger tasten, zerren das Tuch heraus, irgendetwas fällt zu Boden. Sie tupft ihr Gesicht ab, achtet darauf, die Schminke nicht zu verwischen. Vorsichtshalber sollte sie die Lippen noch einmal nachziehen. Der Lippenstift ist nicht in der Tasche, er muss eben heruntergefallen sein. Sie bückt sich, strauchelt, sucht Halt. Schmerz rast durch ihre Wirbelsäule, sie stürzt.

Licht trifft grell ihre Augen. „Da ist sie! Da oben!"

Sie haben bemerkt, dass sie nicht mehr in ihrem Zimmer ist, sind ihr gefolgt, wollen sie holen, sie einsperren. Ihr linkes Knie brennt. Sie versucht, aufzustehen, doch das Licht blendet sie und alle Knochen tun ihr weh. Warum ist Federico nicht gekommen? Sie will nach ihm rufen, will, dass er ihr hoch hilft, dass sie die Treppe hinaufrennen, auf sein Motorrad springen und davonrasen, doch sie hat etwas vergessen, etwas Wichtiges. Sie muss sich erinnern.

„Nunzia!"

Sie kommen heraufgelaufen, halten sie gefangen mit ihrem Licht, rufen durcheinander. Sie schafft es nicht, aufzustehen.

„Nunzia, hast du dich verletzt?"

Raffi fasst sie an der Schulter. Sofia kniet neben ihr, streicht ihr die Haare aus dem Gesicht.

„Mama, come ma fa con te, was machen wir bloß mit dir?"

Sie erinnert sich. „Federico ist tot."

Sofia atmet aus, schnaubt leise wie ein trauriges Pferd. „Ja, Mama, Federico ist tot. Seit dreiundfünfzig Jahren. Sieh dich an, überall Lippenstift! Komm, gehen wir nach Hause."

Raffi stützt sie, zieht sie auf die Beine.

„Diese Treppe ist mit der Zeit auch nicht gerade sicherer geworden. Ein Wunder, dass hier nicht schon mehr Leute verunglückt sind. Du bist zwar immer noch die reinste Olympionikin, Nunzia, aber das ist selbst für dich eine Herausforderung."

Sie besieht ihre Hand im blauen Schein der Handytaschenlampe. Ein feines Rinnsal Blut läuft vom Knöchel zum Handgelenk. Genau wie bei Federico. Nur diese feine rote Linie von der Stirn zum Kinn. Sein Körper so still.

Langsam steigen sie herunter. Raffis Arm hält sie sicher und fest. Er trainiert dreimal pro Woche, ist stolz darauf, noch so gut in Form zu sein, während seine Freunde alle Bäuche ansetzen und Hängeärsche kriegen. Dazu ist er die treueste Seele. Sofia hat Glück.

Sie erreichen die Gasse. Im ersten Stock, über der Panetteria, sind die Fensterläden geöffnet. Violettas weißer, wirrer Schopf taucht auf, ihre runzlige Rüsselnase.

„Mörderin! Verschwinde hier! Sein Geist kommt zu mir, fliegt wie ein verirrtes Vögelchen vor meinem Fenster. Piep piep piep, herein, herein. Ich tröste dich, mein Geliebter."

„Geh wieder schlafen, Vio! Es war ein Unfall, das weißt du!", ruft Raffi.

„Verrückte alte Hexe", murmelt Sofia.

Violetta spuckt aus, klatscht in die Hände, als wolle sie streunende Katzen verjagen. Nunzia sieht über die Schulter. Da liegt er am Fuß der Treppe, kaum zu erkennen, ein Schatten im Schatten. Doch sie weiß, dass er es ist. Sie erinnert sich, sieht den Ausdruck in seinen Augen, eine Mischung aus Erstaunen und Entsetzen.

„Federico, oh Federico, was habe ich nur getan!"

Sofia zerrt an ihrem Arm. „Sieh nach vorne Mama, es reicht, dass du einmal gestürzt bist."

Sie hebt den Fuß, um nicht in eine aufgeplatzte Melone zu treten. „Ich muss morgen zum Medium gehen und mit Federico sprechen."

Raffi knufft sie in die Seite. „Das machen wir, amore mi, das machen wir."

Sofia seufzt. „Du bist dran Raffi, ich bin mit ihr die letzten beiden Male mitgegangen."

Hinter ihnen knallt Violetta die Fensterläden zu.

Merle Ariano, *1978 geboren, lebt in Hamburg und arbeitet im medizinischen Bereich. Sie schreibt am liebsten über die kleinen Risse und Untiefen der Wirklichkeit. Gemeinsam mit Jessica Lanser hat sie zwei Kurzgeschichtenbände im Selbstverlag veröffentlicht.*

Der Plan im Plan

Etwas Altes, etwas Neues und etwas Geliehenes hatten sie bereits. Wobei – geliehen war alles. Ein Lächeln umspielte Matteos Lippen. Sie mussten noch etwas Blaues besorgen.

Die standesamtliche Trauung hatten sie schon vollzogen. Die kirchliche Hochzeit sollte etwas noch nie Dagewesenes sein. Eine Überraschung für seine liebste Aurora, die immer beteuerte, keine aufwendige Hochzeit zu benötigen. Sie würde die schönste Hochzeit von allen bekommen.

Das Hochzeitskleid, das Auroras Stil entsprach, hatte er durch seinen Trauzeugen Luca stehlen lassen. Es brachte schließlich Unglück, sollte er das Kleid vor der Hochzeit sehen – und Unglück konnte man im Gewerbe der Eigentumsumverteilung nicht gebrauchen. Nun fehlte noch etwas Blaues – die Saphirohrringe, die sie heute Abend in Florenz stehlen würden.

„Lasst uns den Plan durchgehen", sagte Matteo. „Aurora, du trägst ...“

„Den roten Hosenanzug, so wie wir es abgesprochen haben", antwortete Aurora. „Das hast du mir schon hundert Mal erzählt.“

Matteo umfasste das Gesicht seiner Geliebten. Nach einem innigen Kuss führte er aus: „Der schnittsichere Hosenanzug ist für unseren Plan essenziell. Sobald du die Objekte hast, muss alles schnell gehen. Du betrittst den Gang im zweiten Obergeschoss – die Kameras zeigen zu diesem Zeitpunkt eine Schleife – und wirst den Anzug los.“

„Warum soll ich das Gebäude in einem grünen Kleid über die hintere Treppe verlassen?", fragte Aurora.

Matteo zeigte auf einen Ausschnitt des Stadtplanes. „Die Polizei wird bei einem Vorfall im Gebäude nur diese Straßen blockieren. Die Fluchttreppen sind an den Seiten. Niemand wird bemerken, wenn sich jemand von der Masse absetzt und die hintere Treppe benutzt. Unsere Fluchtroute wird vollkommen frei sein. Der Kleidungswechsel wird dafür sorgen, dass uns niemand auf die Spur kommt. Luca, du bist für das Fluchtfahrzeug und die technischen Tricks zuständig.“

„Klar", sagte Luca.

„Ich werde mit Rauchbomben den Feueralarm auslösen und damit für Verwirrung sorgen. Bis es auffällt, dass die Objekte fehlen, sind wir längst über alle Berge. Ich werde nach dem Zünden der zweiten Rauchbombe am unteren Ende der Treppe zu dir stoßen. Der Fluchtwagen parkt genau hier", sagte Matteo und tippte eindringlich auf eine Stelle des Stadtplanes. „Die geplante Fluchtroute ist diese hier."

Lärm hallte in den hohen Mauern des Gebäudes wider. Der Ausstellungssaal war bis zum Bersten mit Menschen gefüllt. In der Mitte des Saales prangten die Herzstücke der Ausstellung. Die Saphirohrringe funkelten unter der Vielzahl an Leuchtern, die auf sie gerichtet waren. Ohne Zwischenfälle hatten Aurora und Matteo das Gebäude betreten.

„Aurora ist in Position", rauschte Lucas Stimme aus Matteos Kopfhörer. Ein Lächeln stahl sich auf seine Lippen. Alles lief nach Plan. Der eiserne Dietrich in seiner Tasche sorgte für die nötige Portion Glück.

Eine Rauchbombe qualmte in einem Mülleimer einer abgelegenen Toilette im Erdgeschoss. Der Rauch breitete sich aus und würde andere Gäste davon abhalten, sich in den hinteren Teil des Gebäudes zu verirren. Die Rauchmelder im besagten Gebäudeteil hatte Luca mit einem seiner Kniffe außer Gefecht gesetzt. Eine zweite Rauchbombe steckte in Matteos Jackett, neben dem Zünder für eine kleine Überraschung, die er für Aurora vorbereitet hatte. Langsam bewegte er sich auf die nördliche Ecke des Ausstellungssaales zu. Am dort ausgestellten Collier angekommen, gab er vor, seinen Schuh zu binden, zog die Rauchbombe in Form einer Taschenuhr aus seinem Jackett, drückte den Stift und legte sie ab.

„Zweite Rauchbombe aktiviert", sagte Matteo. Rauch waberte durch den Raum, während Matteo seelenruhig den Saal verließ.

Der Feueralarm schrillte. Menschen wuselten durcheinander. Sicherheits- und Museumspersonal forderte die Menge auf, das Gebäude geordnet zu verlassen.

„Der Sicherheitsalarm der Ohrringe ist jetzt deaktiviert", sagte Luca.

Aurora kramte in ihrer Handtasche, stolperte über einen anderen Besucher in den Ausstellungskasten und riss den Kasten mitsamt den Ohrringen vom Sockel. Ein winziges Gerät, das Luca ihr mitgegeben hatte, zerstörte das Glas des Kastens. Tausende Splitter. Einige Schminkutensilien fielen aus der Handtasche und breiteten sich über den Boden aus. Aurora kam neben dem zerborstenen Kasten zum Liegen. Sie gab vor, sich mit der Hand abzustützen, schnappte sich den Schmuck und war im Begriff, aufzustehen. „Entschuldigen Sie das Durcheinander. Diese Schuhe", sagte sie und setzte ihr unschuldigstes Lächeln auf.

„Brauchen Sie Hilfe?", fragte ihr Gegenüber.

„Es ist alles in Ordnung", antwortete sie und richtete sich auf.

„Bitte verlassen Sie das Gebäude", erfüllte die Stimme eines Museums-angestellten den Saal.

„Wir sollten jetzt besser gehen", sagte Aurora und wand sich dem Aus-gang zu. Zügig schritt sie in den Gang im zweiten Stock.

Eine Hand legte sich von hinten auf ihre Schulter. „Zur Fluchttreppe geht es dort entlang."

Aurora verkrampfte sich. Natürlich musste etwas schiefgehen, wenn Matteo den Plan machte. Angespannt drehte sie sich um. Mit einem ge-zielten Handkantenschlag beförderte sie den Angestellten des Museums ins Land der Träume und entledigte sich des Hosenanzuges.

Eine Turmuhr schlug Mitternacht, als Aurora auf die hintere Treppe stürmte. In den Klang der Glocken mischte sich Gesang, der vom unteren Fuß der Treppe zu ihr emporstieg, während sie in das grüne Kleid gehüllt die Treppe hinabeilte.

„Augenstern ... meine Rose ... Liebste ... die Sonne meines Herzens ... Hochzeit", drangen Fetzen des Liedes bis an ihre Ohren. Romantisch war die Melodie der Gitarre, zu der Matteo die schmalzigsten Liebesschwüre sang, die Aurora je gehört hatte. Als sie einen Fuß auf den unteren Trep-penabsatz setzte, explodierte etwas direkt über ihr.

Warmer Matsch spritzte über das Treppenhaus, traf Aurora an Armen und Schultern und verbreitete einen fruchtigen Geruch, untermalt von einer verkohlten Note.

„Wir müssen hier weg", zischte Aurora, während sie den Matsch von sich und ihrem Kleid abwischte.

Matteo eilte ihr zu Hilfe. „So war das nicht geplant. Die Rosenblüten sollten ..."

Aurora schnaubte. „... nicht solch einen Matsch ergeben. Nehme ich an. Du hättest das mit uns absprechen können. Was hast du dir dabei ge-dacht?"

„Hoffentlich hat dieser Romantiker Rosenblüten von der Stange ge-kauft, nicht, dass er damit eine unverkennbare Spur zu uns gelegt hat", erklang Lucas Stimme aus dem Kopfhörer.

„Aurora, ich liebe dich", sagte Matteo, während er einer aufgebrachten Aurora zum Fluchtfahrzeug folgte. „Ich möchte dich heiraten. Lass uns zur Kirche fahren."

Aurora stieg in den Fluchtwagen und wandte sich an Luca. „Wusstest du davon?", fragte Aurora.

Luca trat das Gaspedal durch. „Mehr oder weniger. Und davon, dass die Fluchtroute an der Kirche endet."

Julia Baldauf: Bereits in ihrer Kindheit und Jugend schrieb die Autorin in diversen Genres und Formaten. Seit einigen Jahren widmet sie sich dem Schreiben von Kurzgeschichten. Dabei wird sie lautstark von einem Schwarm Haustieren unterstützt.

Ein fast perfekter Plan

„Los, komm! Der Tisch ist auf zwanzig Uhr reserviert." Helene trippelt ungeduldig in ihren Stöckelschuhen von einem Bein aufs andere.

„Bella Donna. Ich komme ja schon. Wir haben doch noch eine halbe Stunde. Und das Vaporetto fährt alle paar Minuten. Kein Grund zu stressen. Was bist du überhaupt so nervös? Willst du nicht andere Schuhe anziehen? Helene, du bist doch keine fünfundzwanzig mehr."

„Ach, ich freue mich so. Wir beide an unserem Hochzeitstag genau in der Stadt, in der wir uns kennengelernt haben. Erinnerst du dich noch? Ich möchte alle Stationen unseres ersten Abends mit dir besuchen. Und überall will ich einen Kuss von dir." Helene tanzt im Hotelzimmer umher wie ein kleines Mädchen. „Schau, wie das mit den Schuhen noch klappt. Die Ballerinas steck ich in die Handtasche. Für den Nachhauseweg." Sie kichert albern.

„Natürlich", antwortet Rudolfo ruhig und verdreht dabei die Augen. Er hilft Helene in die Jacke, hält ihr die schwere Hotelzimmertür auf.

Sie hakt sich bei ihm unter und gemeinsam schlendern sie aus dem Hotel am Canale Grande entlang. Der laue Sommerabend lockt viele Touristen in den Hotspot, verliebte Paare winken ihnen beim Überqueren der Brücken aus den Gondeln vom Wasser aus zu.

„Siehst du, Helene, wir haben sogar noch Zeit, ein paar Schritte durch die wunderschöne Altstadt zu gehen. Da vorne ist auch schon die Rialtobrücke. Zeit für ein Foto." Rudolfo zückt die Kamera.

„Ich bin so gespannt, ob es noch genauso aussieht wie früher bei Filippo im Ristorante. Weißt du noch, was du damals gegessen hast?"

Rudolfo zögert. „Nein, ehrlich gesagt nicht. Aber jetzt lass uns für den Rest des Weges das Boot nehmen. Für die Rückfahrt habe ich mir etwas ganz Besonderes überlegt."

Er liebte seine Helene. Obwohl sie immer so viel quatscht. Und das schon ganze fünfundzwanzig Jahre lang. Sie hatte es nicht immer leicht mit ihm. Er, der die Frauenherzen mit seinem italienischen Charme im Sturm erobert. Zu Füßen lagen sie ihm, denn in seinem Beruf als Fotograf hatte er es mit den Hübschesten der Hübschen zu tun. Und er konnte nicht immer die Finger von ihnen lassen. Zeiten gab es, da war er als richtiger Casanova verschrien. Vor allem, als Helene im neunten Monat schwanger war und auch im ersten halben Jahr zu dritt hatte er sich ziemlich ausgetobt. Erst seit seinem Unfall vor zehn Jahren, als er für einige Zeit nicht mehr gehen konnte, hatte er sein Daheim so richtig schätzen gelernt. Helene hatte damals ein Sabbatical beantragt, um sich aufopferungsvoll um ihn zu kümmern. Oft hatte er sich dafür geschämt, was für ein hinterhältiger Kerl er gewesen war. Die Wahrheit hatte er ihr nie so richtig gesagt, doch er ging davon aus, sie hatte es gespürt, wenn er sich manchmal mitten in der Nacht ins gemeinsame Schlafzimmer schlich, nachdem er geduscht hatte.

„Buona sera", tönt es ihnen beim Eintritt in die Osteria da Filippo entgegen.

„Buona sera", antworten Helene und Rudolfo im Chor. Der Kellner führt sie zu einem Platz auf der Terrasse, der etwas abgelegen in einer mit Pflanzen bewachsenen Ecke liegt.

„Oh, was für ein schöner Tisch", strahlt Helene.

„Schöner Tisch für wunderschöne Frau", flirtet der Kellner und rückt Helene den Stuhl zurecht. „Wir haben heute einen großen Geburtstag im Restaurant, ich hoffe, das stört Sie nicht. Deswegen habe ich Ihnen diesen Platz abseits vom Trubel zurechtgemacht." Der Kellner zwinkert Helene zu.

„Der hat es aber auf dich abgesehen", flüstert Rudolfo Helene über den Tisch zu.

„Na ja, er hat doch recht. Oder etwa nicht?", kontert sie. „Nehmen wir das Menü?", fragt Helene, als sie die Speisekarte studiert. „Zur Feier des Tages. Und die Weinempfehlung?"

Dann steht sie auf. „Bestellst du? Ich gehe mir noch schnell die Lippen nachziehen." Mit ihrer Handtasche verschwindet Helene in Richtung der Toiletten.

Rudolfo winkt den Ober heran und bestellt, als er sieht, wie diese scherzend mit Filippo, dem Inhaber der Osteria, an der Theke schäkert. Verwundert beobachtet er das Schauspiel.

Als der Kellner den Aperitivo bringt, trinkt Helene den Drink in einem Zug aus.

„Was ist denn mit dir los? So trinkfreudig kenne ich dich ja gar nicht?", fragt Rudolfo. „Und sag bloß, Filippo hat dich wiedererkannt?" Rudolfo zieht die Augenbrauen hoch.

Helene weicht seinem fragenden Blick aus. „Ach, heute ist so ein schöner Tag. Prost, mein Schatz. Auf die letzten fünfundzwanzig Jahre", sagt Helene und hebt das leere Glas. „Herr Ober, wir brauchen Nachschub!", ruft sie aufgedreht über die Terrasse.

„Darauf, dass noch mindestens so viele folgen sollen", antwortet Rudolfo. „Ich liebe dich, meine Principessa."

„Ja, mindestens!", wiederholt Helene zuckersüß.

„Ah, es geht los!"

Auf einmal brummt Helenes Handy. Neugierig betrachtet sie das Display.

Helene, Planänderung. Sofort. Du gehst leer aus. Geht alles an die Kinder sowie an eine Tati Bodner. Wer zum Teufel ist das?

Helene wird leichenblass. Sie liest die Nachricht nochmals, um überhaupt greifen zu können, was sie gerade gesehen hat. Tati Bodner? Die siebenundzwanzigjährige Yogalehrerin? Die könnte seine Tochter sein! Und sie, die ihn über Jahre bekocht, seine Eskapaden ertragen und in der Not gepflegt hat, soll leer ausgehen? Ist das wirklich sein Ernst? Helene kämpft mit der aufsteigenden Wut, muss nun aber blitzschnell handeln.

Der Kellner serviert den ersten Gang, Rudolfo greift mit Freude zum Parmesan und verteilt den geriebenen Käse gierig über der wohlduftenden Speise. Noch bevor er sich die erste Gabel in den Mund schieben kann, reißt Helene ihm den Teller weg.

„Hey, was soll das?", fragt Rudolfo überrascht.

„Riechst du das denn nicht?", mault Helene ihn an. „Der Fisch ist alt. Das stinkt ja quer über den Tisch rüber. Du willst ja wohl nicht den Rest des Abends auf der Toilette verbringen."

„Helene, gib mir sofort meinen Teller zurück. Ich bin am Verhungern!"

Aber da springt Helene schon auf und rennt mit dem Teller in der Hand in Richtung Küche, wo sie die Mahlzeit mit Schwung in einen Mülleimer pfeffert. Filippo, der die Aktion beobachtet hat, stürmt fassungslos auf Helene zu.

„Helene! Was ist los? Ich habe gemacht, was du gesagt hast. Hat es ihm nicht geschmeckt? Du hast doch gesagt, es sei sein Lieblingsgewürz und

muss unbedingt an die Pasta! Ich verstehe dich nicht. Das gute Essen."
„Ach Filippo", antwortet Helene. Das kannst du nicht verstehen, aber ich
habe es mir gerade noch mal anders überlegt. Nicht deine Schuld." Mit
offenem Mund lässt Helene den Inhaber des Restaurants stehen.

Sie kehrt zum Tisch zurück, setzt sich, atmet tief ein und aus und sagt
mit ruhiger, abgeklärter Stimme. „Ich will die Scheidung. Endgültig."

Kerstin Rädle

Verliebt in einen Engel

Engel Thomson gehörte zu den Schutzengeln im Himmel mit besten Quoten. Die Hierarchie im Himmel war einfach. Mit jedem Fall, den ein Schutzengel löste, erhielt dieser Sterne. Mit einer gewissen Anzahl von Sternen erhielt man Privilegien. Thomson hatte inzwischen so viele Privilegien angesammelt, dass er darüber unverschämt gegenüber Mitengeln und seiner Engelchefin Martina wurde.

Auch heute kam er zu spät. Als er sich obendrein einfach, ohne jede Aufforderung abzuwarten, einen Kaffee eingoss, platzte Martina der Kragen. Zeit, dass sich etwas veränderte.

„Mein neuer Fall?", erkundigte sich Thomson. Seine braunen Augen wanderten über die erhaltene Akte. Wütend warf er sie auf den Tisch zurück. „Ich weigere mich", schimpfte Thomson. „Die Frau, die ich beschützen muss, scheint ja der reinste Drache in ihrer Firma zu sein."

„Wohl wahr", grinste Martina. „Wenn du diesen harten Fall knackst, erhältst du mehr Privilegien, als du dir vorstellen kannst. Wenn nicht, werden dir wohl Privilegien abgezogen."

„Meinetwegen. Worauf muss ich achten?"

„Regel Nummer eins: Du darfst nicht von Menschen als Engel erkannt werden. Regel zwei: Du erhältst nur eine gewisse Portion Magie. Nummer drei: Dein Schützling darf nicht sterben. Nummer vier: Dein Schützling sollte lernen, seine Angestellten zu achten."

„Soll das schwierig sein?", fragte Thomson arrogant. „Der Fall ist so gut wie erledigt."

„Na, warte mal ab, Freundchen", dachte Martina für sich. Sie reichte ihm eine Uhr. „Mit dieser Uhr siehst du, wie viel Magie du verbraucht hast. Bei null angekommen, wirst du dich auflösen." Martina schnippte mit ihrer rechten Hand. Daraufhin verschwand Thomson.

In einer neuen Erscheinungsform – anstatt mit langen blonden nun mit kurzen schwarzen Haaren und einem nigelnagelneuen Anzug – durchquerte Thomson die Gänge der fünften Etage eines modernen Großraumbüros in Rom, Italien. Laut der Akte war seine Chefin Viktoria Conti Milliardärin. Allerdings bekannt dafür, dass sie einen großen Personalschwund hatte.

Als er das Büro von Viktoria Conti betrat, stand er einer braunhaarigen, schlanken, attraktiven Frau mittleren Alters gegenüber. Sie trug ebenfalls einen Anzug, aber mit einem Rock kombiniert.

„Es ist unhöflich, zu starren, Mister." Sie warf einen Blick in die Akte auf ihrem Schreibtisch. „Thomson Russo."

Thomson wurde selten getadelt. Durch seine Privilegien war er es nicht mehr gewohnt. Der zweite Fehler folgte im Nu. Er setzte sich, ohne jede Aufforderung abzuwarten.

„Ich kann mich nicht erinnern, Sie zum Sitzen aufgefordert zu haben", überlegte Viktoria laut. Thomson verstand schnell, dass er seinen Charakter mit Magie ändern musste.

„Sie können von Glück sagen", fuhr sie fort, „dass heute Ihr erster Tag ist. Ich feure niemals Leute am ersten Tag."

Thomson schluckte. Er verstand allmählich, dass er es bei Martina gut gehabt hatte. Warum hatte er das nicht vorher erkannt?

„Im Übrigen werden Sie nicht nur mein persönlicher Berater", erklärte Viktoria lächelnd. „Auch die Stelle des Personenschutzes ist frei geworden. Laut Ihrer Akte sind Sie dazu befähigt. Glückwunsch. Sie haben nun zwei Posten und eine Wohnung auf meinem Landsitz, die kostenfrei für Sie ist. Können Sie bis morgen umziehen?"

Thomson starrte Viktoria sprachlos an. „Und wenn ich nicht will?", fragte Thomson.

„Finde ich jederzeit Ersatz", lächelte Viktoria.

Wider Willen willigte Thomson ein.

Am nächsten Tag wurde Thomson nach der Arbeit von einem Chauffeur in einer Limousine abgeholt. Über Nacht hatte er noch einige Recherchen über Viktoria Conti angestellt. Sie besaß ein fußballfeldgroßes Anwesen außerhalb der Stadt Rom.

Dort angekommen, lernte er weitere private Leute kennen. Viktorias Tochter Susan schloss auf Anhieb Freundschaft mit Thomson. Dank seiner Magie lernte er im Nu reiten. Es war das Lieblingshobby von Susan und Viktoria. Nach der Arbeit luden sie ihn zu einem Ausritt ein. Wettreiten! Thomson ließ Susan gewinnen. Es bereitete ihm Freude, das braunhaarige Mädchen strahlen zu sehen. Mit Viktoria kam er über seine Freundschaft zu Susan auch besser in Gespräche. Die anfänglichen Sticheleien und nervigen Kommentare wandelten sich in einen respektvolleren Umgang um. Davon profitierten mit der Zeit auch die Angestellten. Es war schon länger keiner mehr gefeuert worden.

An einem Abend nach der Arbeit fand Thomson Viktoria mit Sorgenfalten auf der Stirn in ihrem Büro vor. Er brachte ihr einen Kaffee. Sie lächelte angestrengt.

„Stimmt etwas nicht?", erkundigte sich Thomson. Viktoria reichte ihm einen Brief. Thomsons Magen verkrampfte sich schlagartig. Es war ein Drohbrief. Man forderte ein Lösegeld, andernfalls würde man ihre Tochter entführen.

„Keiner tut ihr etwas. Das verspreche ich." Thomson legte mitfühlend einen Arm um Viktoria. Sie schmiegte sich an seine Brust. Viktoria und Thomson verbrachten den Abend gemeinsam in einem italienischen Restaurant.

Bei der Frage nach seinem Vorleben musste Thomson Lügengeschichten erfinden. Dabei fühlte er sich nicht gerade wohl. Er hätte Viktoria gerne die ganze Wahrheit erzählt. Als sie nach dem Abendessen ihre Villa betraten, küssten sie sich innig. Viktoria ließ sich in seinen Armen gehen. Irgendwann verloren sie das Zeitgefühl.

Seit Thomson seinen neuen Job angetreten hatte, waren inzwischen fünf Wochen vergangen. Er wurde von jedem Mitarbeiter geschätzt, von Viktoria angehimmelt und Susan begann sich ihm immer mehr anzuvertrauen. Von einer Entführung ... nicht die geringste Spur.

An einem Nachmittag im Büro befanden sich Thomson und Viktoria in einer gemeinsamen Besprechung, als das Telefon klingelte. Die Schuldirektorin meldete die Entführung ihrer Tochter. Mitten im Unterricht hatten zwei maskierte Männer das Gebäude mit Gewehren gestürmt und Susan gefesselt und mit einem Sack über den Kopf hinausgetragen. Dann waren sie mit einem schwarzen Wagen davongejagt. Viktoria brach in Tränen aus.

Als Thomson die sonst so stolze Chefin weinend vor sich sah, beschloss er, Susan aus den Fängen der Entführer zu befreien. Auch wenn er dafür seine Identität aufgeben müssten und all seine Privilegien verlieren würde. Während Viktoria ununterbrochen weinte, verwandelte sich Thomson vor ihren Augen in einen Schutzengel.

Erschrocken schrie Viktoria laut auf. „Was um alles in der Welt bist du?"

„Keine Sorge", beruhigte Thomson. „Ich bin ein Schutzengel. Susan wird nichts passieren."

„Kannst du sie aufspüren?", fragte Viktoria hoffnungsvoll.

„Hast du etwas, womit ihr in Verbindung steht?", fragte Thomson nachdenklich. Viktoria reichte ihm ihr Handy.

„Perfekt. Das reicht schon. Ich bin bald mit Susan zurück. Versprochen."

Mit Magie schaffte es Thomson, sich in einzelne Atome zu zerlegen. Diese schossen in das Handy. So war er imstande, weite Wege in Sekunden zu bewältigen. Noch während die Entführer mit dem Auto unterwegs waren, fügten sich seine einzelnen Atome im Auto zu seinem Engelskörper wieder zusammen. Erschrocken riss der Fahrer das Lenkrad herum. Der Wagen knallte gegen einen Baum. Verärgert verließen die Entführer fluchtartig den qualmenden Wagen. Thomson nutzte die Gelegenheit, um Susan den Sack vom Kopf zu ziehen.

Als sie Thomson mit seinen riesigen Flügeln sah, glühten ihre Augen hoffnungsvoll auf. „Bist du ein Engel?", fragte Susan ehrfürchtig.

Thomson nickte. „Ich bringe dich zu deiner Mutter nach Hause. Aber vorher kümmere ich mich noch um die beiden Entführer. Warte vor dem Auto auf mich." Mit ein paar kräftigen Flügelschlägen hob Thomson vor dem Auto vom Boden ab. Ehe sich die beiden Entführer versahen, stand plötzlich eine hell leuchtende Erscheinung mit Flügeln vor ihnen. Einer griff zu seiner Pistole. Er feuerte mehrere Kugeln ab. Wirkungslos.

„Ich würde sagen, das Spiel ist vorbei, Jungs." Thomson breitete seine Flügel erneut aus, machte einen Satz über die Entführer, packte sie im Flug und transportierte sie zur Polizei von Rom. Am nächsten Tag fanden die Polizisten erstaunt einen Zettel und zwei neue Häftlinge vor.

Mit gelöstem Fall hieß es nun jedoch für Thomson, Abschied von Viktoria und Susan zu nehmen. Während eines langen Abschiedskusses mit Viktoria verschwand Thomson.

Zurück im Himmel, suchte Thomson das Büro von Martina auf. Er gestand ihr offen, dass er ihre Bedingungen nicht erfüllt hatte. Martina lächelte zufrieden. „Eigentlich hast du deine Arbeit besser erfüllt, als ich erwartet habe."

„Aber ich habe mich doch vier Menschen zu erkennen gegeben", warf Thomson ein.

„Dafür hast du alle anderen Bedingungen erfüllt. Obendrein hast du dein eigenes Verhalten geändert und das von Viktoria. Sie hat seit deiner Anwesenheit nicht eine Person entlassen. Glückwunsch. Von dem Patzer, dich zeigen zu müssen, sehe ich ab. Du hast nun so viele Sterne gesammelt, dass du einen Wunsch frei hast. Egal, welchen."

„Wenn es machbar wäre", fuhr Thomson vorsichtig fort, „würde ich gerne ein menschliches Leben an der Seite von Viktoria und Susan führen."

So kam es auch, denn Martina war eine mitfühlende Chefin. Eines Tages würde Thomson nach seinem Tod seinen Posten wieder aufnehmen. Bis dahin sollte einem glücklichen Leben an der Seite von Viktoria und Susan nichts im Wege stehen.

Vanessa Boecking, *Kleindarstellerin beim Fernsehen, Autorin. Bisherige Werke: Gedichte, Essays, Fantasy-Kurzgeschichten, Krimi, Märchen, ein Wanderbericht.*

Un Amore Italiano

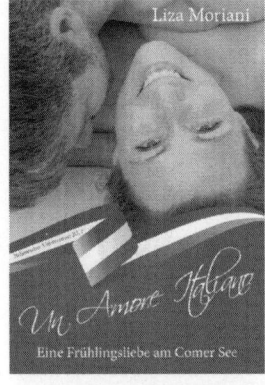

Liza Moriani

Eine Frühlingsliebe am Comer See

Liza Moriani

Rosen-Rendezvous in Mailand

Liza Moriani

Zärtliche Stunden in Rimini

Mara Raabe

Das Geheimnis der toskanischen Duftbriefe

Mara Raabe

Das Geheimnis einer Bruderliebe

Martina Metz

Kennst du das Land, wo die Zitronen blüh'n?

Liebe unter italienischer Sonne erleben, dem eigenen Schicksal eine Wende geben, den Neuanfang wagen oder eine alte Liebe zurückerobern - davon erzählen unsere kurzweiligen Liebesgeschichten, die wir unter dem Titel „Un Amore Italiano" veröffentlichen. Holen Sie sich ein Stück sonniges Italien direkt nach Hause und erleben für ein paar Stunden einen ganz besonderen Kurzurlaub. Lehnen Sie sich zurück und tauchen Sie ein in die Leben unserer Heldinnen, die sind wie Du und Ich - voller Leben und Sehnsucht nach der großen Liebe.

Unsere Buchtipp

Sandra Pfändler
Dunkle Wolken über Südtirol
Veritas
ISBN: 978-3-96074-469-6
Taschenbuch, 242 Seiten

Wenn dunkle Wolken aufziehen, ist es vorbei mit unbeschwerten Träumen. Das erfährt Lisa Moroder, als sie das Weingut ihrer Eltern übernimmt. Behütet von üppiger Rebenlandschaft und märchenhaften Wäldern, trägt sie schwer an dem Schicksal, sich in einem konservativen Umfeld zu behaupten. Sie beschließt, sich den Herausforderungen und mysteriösen Rätseln ihres Lebens zu stellen, die starren Grenzen zu sprengen.

Dann begegnet sie dem Edelbrenner David Silgoner. Unerwartet verliebt sie sich, ihr Leben gerät aus den Fugen. Ihrem Gefühlschaos, den dunklen Familiengeheimnissen und zerstörerischen Intrigen zum Trotz sorgt die taffe Singlefrau für gute Laune und Leichtigkeit.

„Ein fesselnder Liebesroman, der das sinnliche Eintauchen in die Welt einer Winzerin ermöglicht. Lisas ansteckendes Lachen reißt mit, ihr charakterstarker Wein regt an, Genussmomente zu entdecken und zu zelebrieren.“

Nina Gräub

Unsere Buchtipp

Rita Schiavi
Tot und kalt
Fanny Mendes' erster Fall
ISBN: 978-3-98627-016-2
Taschenbuch, 170 Seiten

Enzo, ein Bauarbeiter, der einem Skandal auf der Spur ist und die Gewerkschaft in Lausanne darüber informieren wollte, ist plötzlich verschwunden. Gewerkschaftssekretärin Fanny Mendes will herausfinden, was geschehen ist, und bringt sich selber in Gefahr, als sie in die Ermittlungen eingreift. Ihr zur Seite stehen Kommissar Thierry Süssli und die Bauingenieurstudentin Cornelia, die, nach dem Zusammenbruch ihres Vaters, die Geschicke der Firma Bazzi lenkt. Schon bald stellt sich heraus, dass in all die ominösen Machenschaften, die die drei aufdecken, die Mafia verwickelt ist.

Die Autorin Rita Schiavi, die fast ihr ganzes Berufsleben lang als Gewerkschaftssekretärin gearbeitet hat, siedelt ihren Fall in einer Realität an, die sie sehr genau kennt. Natürlich sind alle handelnden Personen und Gegebenheiten erfunden, sie könnten sich aber durchaus so zugetragen haben.